추천의 글

"그들은 ○○ 사이야." 어떤 관계는 두 글자로도 넉넉히 표현되고, 어떤 관계에는 책 한 권이 필요하다. 그것도 썼다 지웠다 하며 평생을 지니고 가는 책 한 권이. 우리는 관계를 통해 우리 자신으로 빚어진다. 누군가와 둘도 없는 사이일 때, 그들은 정말로 둘이 아니며 둘 사이에서 태어난 존재가 된다. 그 존재는 한 사람과 또 한 사람 속에서 살아간다. 진실한  명의 신비다. 또한 그 신비는 스스로가 자라날 땅을 찾고 에 싸여 봉인되었던 한 관계 다. 쉽사리 명명되지 않는 사 르도 제자리를 찾아간다. 21세기 독자들의 행운이다.

_ **김하나** 작가

멀리서 보면 이 책은 오래전 여성의 자유를 억압하는 사회 통념에 저항하다 사라진 자의 '옛날'을 그린 이야기다. 가까이에서 보면 이 책은 어느 하루, 한나절, 잠시라도 온전한 나로 살고 싶어 하다 스러진 자의 '현재'를 그린 이야기다. 작가의 분신이자 화자인 '실비'는 '앙드레'를 둘러싼 상황을 목도하는 자, 관찰하고 발설하는 자다. 사회의 편견, 종교와 성, 계급 아래에서 자신으로 사는 게 불가능한 여성 존재에게 가해지는 폭력을 주시하는 자다. 앙드레는 보부아르에게 평생의 화두이자 '자신을 대신해 죽은 여성'이었을 것이다. 눈부시게 빛나던 여자아이가 사회의 통념과 가부장제에 눌려 서서히 빛을 잃어 가는 모습을 지켜본 적이 있는 자라면, 누구라도 이 소설 앞에서 묵은 통증을 느낄 것이다.

_ **박연준** 시인

모든 소설이 그러하듯 『둘도 없는 사이』는 특정한 시간과 장소에 관한 이야기지만 동시에 이 책은 그 시대와 장소를 초월한다.

_ **마거릿 애트우드** 소설가

보부아르 문학이 시작한 기나긴 대화의 귀중한 부분.

_ **데버라 리비** 소설가

LES
INSÉPARABLES

Simone de Beauvoir

둘도 없는 사이

시몬 드 보부아르 장편소설
백수린 옮김

알에이치코리아

자자에게

오늘 밤, 내 눈에 눈물이 고이는 것은 네가 죽었기 때문일까 아니면 내가 살아 있기 때문일까? 이 이야기를 너에게 바치고 싶지만 나는 네가 더 이상 어디에도 없다는 것을 알고 있어. 나는 여기서 네게 문학적 기교를 통해 말을 걸고 있는 거지. 게다가 이것은 너의 실제 이야기가 아니라 우리에게서 영감을 받아 쓴 이야기일 뿐이야. 너는 앙드레가 아니었고, 나는 나를 대신해 말하고 있는 실비가 아니었잖아.

차례

둘도 없는 사이

1장

아홉 살 때, 나는 아주 온순한 여자아이였다. 늘 그랬던 건 아니지만. 더 어렸을 땐 어른들의 횡포에 어찌나 발작하는 것처럼 화를 냈는지 이모들 중 하나는 언젠가 심각한 투로 선언하듯 말하기까지 했다. "실비는 악마에 씌었어." 나는 전쟁과 종교에 사로잡혀 있었다. 독일제 셀룰로이드 인형을 짓밟는 것으로 나는 나의 모범적인 애국심을 즉각 증명했다. 어차피 그다지 좋아한 인형도 아니었다. 다들 내게 하느님이 프랑스를 구해 주는 건 내가 행실을 바르게 하고 신앙심을 잘 갖는 데 달려 있다고들 했기 때문에 빠져나갈 길이 없었다. 나는 깃발을 흔들고 노래를 부르며 다른 어린 여자아이들과 함께 사크레쾨르 성당 안을 거닐었다. 기도를 열심히 하기 시작했고, 기도하는 재미를 알게 됐다. 아델라이드 학교의 부속 사제였던 도미니크 신부는 나의 열의를 북돋아 주었다. 얇은 망사 원피스를 입고 아일랜드산 레이스 모자를 쓴 채 나는 첫영성체*를 했다. 그날부터 나는 내 여동생들의 본보기가 되었다. 나의 기도는 응답을 받았는데, 심장이 약하다는 이유로 아버지가 국방부의 사무직으로 발령이 난 것이다.

그날 아침에 나는 무척 흥분해 있었다. 새 학기가 시작하는 날이었고, 나는 얼른 학교에 가서 미사처럼 엄숙한 교실, 고요한 복도, 젊은 여자 선생님들의 부드러운 미소를 되찾고 싶었다. 선생님들은 긴 치마와 깃을 세운 블라우스를 입었고, 학교 건물의 일부를 병원처럼 쓰게 된 이후에는 종종 간호복을 입기도 했다. 붉은 얼룩이 여기저기 묻은 흰 베일 아래, 그들은 성녀처럼 보였고, 가슴에 파묻히게 안아 줄 때면 나는 감동했다. 전쟁 전에 먹던 초콜릿과 브리오슈 대신 회색 빵과 수프를 서둘러 삼킨 후 엄마가 동생들 옷을 다 갈아입히길 초조하게 기다렸다. 우리 셋은 모두 다 진짜 장교들이

---

* 일반적으로 유아세례를 받은 어린이들이 처음으로 성체를 받아 모시는 가톨릭 의식.

입었던 것과 같은 천으로, 군용 외투처럼 재단해 만든 하늘색 코트를 입었다. .

"봐, 작은 벨트까지 있다니까!" 엄마는 놀라거나 감탄한 눈빛으로 바라보는 엄마의 친구들에게 그렇게 말하곤 했다. 건물을 나서며 엄마는 어린 두 동생의 손을 잡았다. 우리는 우리 아파트 아래층에 얼마 전 갑자기 생긴 라 로통드 카페 앞을 침울한 마음으로 지나갔다. 아빠의 말에 따르면 그 가게는 패배주의자들의 소굴이었는데, 그 단어가 내 흥미를 끌었다. "프랑스가 패배할 거라고 믿는 사람들이야." 아빠가 내게 설명했다. "다 총살해 버려야 해." 나는 이해할 수 없었다. 사람들은 무언가를 믿을 때 그걸 고의로 믿는 게 아니다. 어떤 생각이 머릿속에 떠올랐다고 해서 사람들을 처벌할 수 있나? 몸에 해로운 사탕을 아이들에게 나눠 주는 스파이들, 프랑스 여자들을 지하철에서 독 묻은 바늘로 찌르는 사람들은 물론 죽어야 마땅했다. 패배주의자들은 나를 당혹스럽게 만들었다. 하지만 엄마에게 물어보려 하지는 않았다. 엄마는 언제나 아빠와 똑같이 대답했으니까.

동생들은 빨리 걷지 않았다. 뤽상부르 공원의 철책이 끝나지 않는 것처럼 느껴졌다. 마침내 학교 정문을 넘어섰고, 새 책들로 부푼 가방을 즐거운 마음으로 흔들며 계단을 올랐다. 새로 칠한 복도의 왁스 냄새에 뒤섞인 옅은 질병의 냄새를 나는 알아챘다. 옷을 벗어 두는 현관 입구에서 작년에 같은 반이었던 친구들을 다시 만났다. 그중에 특별히 친하게 지내는 아이가 있었던 건 아니지만 반 아이들이랑 다 같이 만들어 내는 떠들썩한 소음이 좋았다. 나는 커다란 홀, 진열 유리창 앞에서 서성였다. 유리창 안은 두 번째로 죽음을 맞이한, 이미 죽은 오래된 것들로 가득했다. 박제된 새들은 깃털을 잃었고, 마른 식물들은 잘게 부서졌으며, 조개껍데기들은 광택을 잃었다. 종이 울려, 나는 성 마그리트 교실로 들어갔다. 모든 교실들은 닮아 있었는데, 학생들은 선생님이 수업을 진행하는 검은 몰스킨에 덮인 타원형 테이블 주위에 앉아 있었다. 엄마들은 뒤편에 자리를 잡고 뜨개질로 방한모를 뜨며 우리를 지켜보았다. 나는 내 의자 쪽으로 향하다가 내 옆자리에 모르는 여자아이가 앉아 있는 것을 발견했다. 볼이 파인, 짙은 색 머리의 여자아이로, 나보다 훨씬 어려 보였는데 나를 뚫어지게 바라보는 어두운색 눈은 빛이 났다.

"네가 제일 똑똑하다는 그 학생이니?"

"나는 실비 르파주야." 내가 대답했다. "넌 이름이 뭐니?"

"앙드레 갈라르. 아홉 살이야. 내가 작아 보이는 건 화상 때문에 별로 크지 못해서 그래. 1년 동안 공부를 쉬어야 했는데 엄마가 이젠 내가 뒤처진 진도를 다시 따라잡아야 한대. 작년에 필기한 걸 좀 빌려줄 수 있어?"

"그럼." 내가 대답했다.

앙드레의 자신감 있는 태도, 빠르고 명확한 어조 때문에 나는 당황했다. 앙드레가 나를 의심스러운 눈초리로 쳐다보았다.

"내 옆에 있는 여자애가 네가 성적이 제일 좋은 학생이랬어." 앙드레가 리제트를 고갯짓으로 가리키며 말했다. "정말이야?"

"1등을 자주 하긴 해." 나는 겸손하게 말했다.

나는 앙드레를 뚫어지게 바라보았다. 짙은 색 머리카락이 그녀의 얼굴 주위로 곧게 떨어졌고, 턱에 잉크 자국이 묻어 있었다. 화상을 입은 여자아이를 매일 만나는 건 아니라 나는 궁금한 게 많았지만, 뒤부아 선생님이 긴 원피스 자락으로 마룻바닥을 쓸면서 교실로 들어왔다. 뒤부아 선생님은 생기 있고, 코밑에 잔털이 난 여자였는데, 나는 선생님을 무척 존경했다. 뒤부아 선생님이 자리에 앉아 우리의 이름을 불렀다. 선생님이 눈을 들어 앙드레를 쳐다보았다.

"애야, 겁먹은 건 아니지?"

"저는 수줍음을 타지 않아요, 선생님." 앙드레가 침착한 목소리로 말하더니 상냥하게 덧붙였다. "게다가 선생님이 무섭게 하시지도 않고요."

뒤부아 선생님은 잠시 망설이다가 미소를 짓고는 출석을 이어 불러 나갔다.

수업은 변함없는 의식에 따라 끝났다. 선생님은 문가에 서서 모든 어머니들과 악수를 나누고 아이들의 이마에 입을 맞췄다. 선생님이 앙드레의 어깨 위에 손을 얹었다.

"학교에서 수업을 들은 적이 한 번도 없니?"

"없어요. 지금까지는 집에서 공부했어요. 그렇지만 이제 그러기엔 제가 너무 컸어요."

"언니처럼만 하면 좋겠구나."

"오, 우리는 아주 달라요." 앙드레가 말했다. "말루 언니는 아빠를 닮아서 수학을 좋아해요. 저는 문학을 특히 좋아하고요."

리제트가 나를 팔꿈치로 찔렀다. 앙드레의 말투는 무례하지 않았지만 선생님한테 하는 말로는 적절한 톤이 아니었다.

"통학 학생들을 위해 마련된 자습실이 어딘지 알고

있니? 지금 누군가가 널 데리러 오시는 게 아니라면 거기서 기다려야 한단다." 선생님이 말했다.

"아무도 오시지 않아요. 저는 혼자 집에 가거든요." 앙드레가 말하더니 활기차게 덧붙였다.

"엄마가 그렇게 미리 말해 뒀어요."

"혼자?" 뒤부아 선생님이 말했다. 그녀는 어깨를 으쓱했다.

"어머니가 그렇게 말씀하셨다면……."

내 차례가 되자 선생님은 내 이마에 입을 맞췄고, 나는 앙드레를 따라 현관 쪽으로 갔다. 앙드레는 코트를 입었다. 내 것보다 개성은 덜했지만 아주 예쁜 코트였다. 금색 버튼이 달린 빨간색 모직 코트. 거리의 부랑아도 아닌데, 어떻게 혼자 밖을 돌아다니라고 허락하셨지? 앙드레의 어머니는 독이 든 사탕과 바늘이 위험하다는 걸 모르시나?

"앙드레, 넌 어디 사니?"

동생들과 함께 계단을 내려가면서 엄마가 물었다.

"그르넬 거리요."

"그렇구나! 그러면 생제르맹 대로까지 같이 가 줄게. 우리도 가는 길이란다." 엄마가 말했다.

"감사합니다." 앙드레가 말했다. "하지만 저 때문에

일부러 그러실 것은 없어요."

앙드레가 심각한 얼굴로 엄마를 바라보았다.

"이해하시겠지만, 저희는 일곱 남매거든요. 엄마는 우리가 스스로 해내는 법을 배워야 한다고 말씀하세요."

엄마는 고개를 끄덕였지만 거기에 동의하지는 않는 게 확실했다.

거리로 나서자마자 나는 앙드레에게 물었다.

"어떻게 화상을 입었어?"

"모닥불에서 감자를 굽다가. 치맛자락에 불이 붙어서 오른쪽 허벅지가 뼈까지 탔어."

앙드레는 조바심 나는 듯한 몸짓을 했다. 이 오래된 이야기가 지겨웠던 것이다.

"필기를 언제쯤 보여 줄 수 있니? 작년에 뭘 공부했는지를 알아야만 하거든. 어디 사는지 말해 주면 내가 오늘 오후에 갈게. 아니면 내일."

나는 눈빛으로 엄마와 상의했다. 뤽상부르 공원에 있을 때 엄마는 모르는 애들이랑은 놀지 말라고 하곤 했다.

"이번 주는 안 될 것 같다." 엄마가 곤란한 듯이 말했다. "토요일에 다시 얘기해 보자꾸나."

"좋아요. 토요일까지 기다릴게요." 앙드레가 말했다.

빨간색 모직 코트를 입은 앙드레가 대로를 건넜다. 앙드레는 정말로 작았지만 어른처럼 자신감 있어 보이게 걸었다.

"너희 자크 삼촌이 갈라르 가족을 알고 있었는데. 블랑샤르 씨네 사촌인 라베르뉴 씨네랑 친척 사이일 거야." 엄마가 생각에 잠긴 듯한 목소리로 말했다.

"그때 그 가족이랑 같은 집안사람들인지 모르겠네. 그런 품위 있는 집안사람들이 아홉 살짜리 여자아이를 혼자 거리에 돌아다니게 할 것 같지는 않지만."

부모님은 여기저기서 들었던 갈라르 집안의 다양한 가족들에 대해 오랫동안 이야기를 나눴다. 엄마는 선생님들에게 정보를 얻었는데, 앙드레의 부모님은 자크 삼촌이 알던 갈라르 집안과는 아주 희미하게 이어져 있었을 뿐이었지만 훌륭한 사람들이었다. 갈라르 씨는 파리이공과 대학을 나왔고, 시트로엥 회사에서 매우 좋은 직책을 맡고 있었다. 그는 대가족 아버지 연합회의 회장이었다. 그의 부인은 리비에르 드 보뇌유 집안에서 태어났고, 중요한 강경파 가톨릭 가문에 속했으며 성토마스 아퀴나스 소교구 신자들에게 아주 많은 존경을 받았다. 우리 엄마의 주저하는 마음을 알아차린 게 틀림없는 갈라르 부인은 다음 토요일 하교 시간에 앙드레를 찾으러 왔다. 그녀는 어두운색 눈을 지닌 아름다운 여자로 목에 검은색 벨벳 리본을 둘렀는데 그 리본은 앤티크 보석으로 고정되어 있었다. 그녀는 엄마가 내 큰언니 같아 보인다며 엄마를 "젊은 부인"이라고 부르며 마음을 사로잡았다. 나는 갈라르 부인의 벨벳 목걸이가 마음에 들지 않았다.

갈라르 부인은 친절히 앙드레가 겪었던 어려운 일에 대해 엄마에게 들려주었다. 상처가 벌어진 살, 커다란 물집, 파라핀이 코팅된 붕대, 앙드레의 섬망과 용기에 대해서. 어떤 친구가 장난으로 발길질을 해서 앙드레의 상처가 다시 벌어졌는데 소리 지르지 않으려고 어찌나 애를 썼는지 앙드레는 기절하고 말았다. 앙드레가 내 노트들을 보기 위해 집에 왔을 때 나는 그 아이를 존경심 가득한 눈으로 관찰했다. 앙드레는 예쁜 글씨체로 필기를 했고, 나는 자그마한 주름치마 아래 있을 부은 허벅지에 대해 생각했다. 문득 나한테는 지금껏 아무 일도 일어나지 않았던 것만 같은 느낌이 들었다.

내가 아는 모든 아이들은 나를 지겹게 했다. 그렇지만 교실 사이에 있는 운동장을 거닐 때 앙드레는 나를 웃게 만들었다. 앙드레는 뒤부아 선생님의 투박한 행동과 방두 교장 선생님의 번지르르한 목소리를 기막히게 흉내 내곤 했다. 언니가 있어서 앙드레는 학교에 대한 소소한 비밀들을 아주 많이 알았는데, 선생님들은 예수회 소속이었고 수련 수도사일 때는 가르마를 옆으로 탔지만 정식 수도사가 되면 가운데로 탔다. 서른 살밖에 되지 않은 뒤부아 선생님이 가장 젊었다. 선생님은 대입 자격시험을 지난해에 치렀고, 고학년 학생들은 얼굴이 빨개진 채 치마를 입고 어쩔 줄 몰라 하는 뒤부아 선생님을 소르본 대학에서 목격했다. 나는 앙드레의 무례한 말투나 행동에 놀라긴 했지만 재미있다고 생각했고, 두 선생님들의 대화를 앙드레가 즉흥적으로 꾸며 흉내낼 때 대꾸를 해 주었다. 앙드레가 흉내 내는 게 어찌나 똑같은지 교실에서 뒤부아 선생님이 출석부를 열거나 책을 덮을 때마다 우리는 팔꿈치로 서로를 쿡쿡 찔렀다. 한번은 내가 평소 행동이 모범적이었기에 망정이지 그렇지 않았다면 틀림없이 교실 밖으로 쫓겨났을 정도로 웃음이 터진 적도 있었다.

처음 앙드레 집에 드나들기 시작했을 때 나는 무척 당황했다. 그르넬 거리에 위치한 앙드레의 집에는 형제자매들뿐 아니라 사촌들, 친구들이 언제나 많이 있었다. 그들은 달리거나 소리를 질렀고 노래를 부르거나 변장을 했으며 테이블 위를 뛰어다니거나 가구들을 넘어트리곤 했다. 젠체하는, 열다섯 살의 말루 언니가 때때로 참견할 때도 있었지만, 그러면 곧바로 갈라르 부인의 목소리가 들려왔다. "애들 놀게 그냥 내버려 두렴." 나는 갈라르 부인이 상처나 혹, 얼룩, 깨진 접시 따위에 별로 신경을 쓰지 않는다는 사실에 놀라곤 했다. "우리 엄마는 절대 화내는 법이 없어." 앙드레는 의기양양한 미소를 지으며 내게 말했다. 늦은 오후가 되면 갈라르 부인은 우리가 엉망으로 만든 방으로 웃으며 들어왔다. 의자를 다시 세우고 앙드레의 이마를 닦았다. "또 흠뻑 젖었구나." 앙드레가 엄마를 꼭 끌어안았고, 한순간 앙드레의 얼굴이 달라졌다. 그러면 나는 시선을 피했다. 아마도 질투나 부러움이 뒤섞인 거북한 감정을, 알 수 없는 것이 불러일으키는 두려움을 느꼈기 때문이었으리라.

사람들은 내게 엄마와 아빠를 똑같이 사랑해야만 한다고 가르쳐 주었다. 하지만 앙드레는 아빠보다 엄마를 더 사랑한다는 걸 감추지 않았다. "아빠는 너무 심각해." 어느 날 앙드레가 조용히 말했다. 갈라르 씨는 나를 당황하게 했는데, 그건 갈라르 씨가 우리 아빠와 닮지 않았기 때문이었다. 우리 아빠는 미사에 결코 가는 법이 없었고 사람들이 아빠 앞에서 루르드의 기적 같은 것에 대해 말하면 웃곤 했다. 나는 아빠가 아빠에게 종교는 하나밖에 없다고 말하는 것을 들었다. 프랑스에 대한 사랑. 나는 아빠의 불경한 언행 때문에 마음이 거북해진 적이 없었다. 엄마는 아주 신실했지만 아빠가 그러는 걸 정상적인 일처럼 여기는 듯했다. 아빠처럼 뛰어난 남자라면 필연적으로 여자나 어린 여자아이들보다는 하느님과 더 복잡한 관계를 맺을 수밖에 없었다. 그런데 아빠와 달리 갈라르 씨는 주일마다 가족과 함께 영성체를 했다. 턱수염을 길렀고, 코안경을 썼으며 여가 시간에는 사회사업을 했다. 갈라르 씨의 부드러운 털과 기독교인의 덕목을 실천하는 면모는 내 눈에 그를 여성스럽게, 하찮게 보이게 했다. 게다가 갈라르 씨는 어쩌다 한 번씩 볼 뿐 거의 만날 수 없었다. 집을 관리하는 사람은 갈라르 부인이었다. 나는 갈라르 부인이 앙드레를 자유롭게 내버려 두는 걸 부러워했다. 언제나 내게 최대한 친절하게 말을 걸어 주었는데도 나는 갈라르 부인 앞에서는 마음이 편하지 않았다.

가끔은 앙드레가 내게 말했다. "노는 데 지쳤어." 그러면 우리는 갈라르 씨의 서재로 가 자리를 잡고 앉았고, 아무도 우리를 찾지 못하게끔 불도 켜지 않고 대화를 나눴다. 그건 새로운 기쁨이었다. 부모님은 내게 말을 건넸고 나도 부모님한테 말을 하긴 했지만, 우리가 함께 대화를 나눈다고 할 수는 없었다. 앙드레와 있을 때, 나는 저녁마다 엄마와 아빠가 그러는 것처럼 진짜 대화를 나눴다. 앙드레는 긴 요양 기간 동안 책을 많이 읽었는데, 놀랍게도 책 속의 이야기들이 진짜 일어났다고 믿는 것 같았다. 앙드레는 마치 실제로 존재하기라도 한 것처럼 호라티우스와 폴리왹트*를 싫어했고, 돈키호테†와 시라노 드 베르주라크‡를 동경했다. 역사 속 시대와 관련해서도, 앙드레는 입장이 정해져 있었다. 앙드레는 고대 그리스인들을 좋아했지만, 고대 로마인들은 지루해했다. 루이 17세와 그의 가족에게 일어난 불행에는 무감했지만, 나폴레옹의 죽음에는 충격을 받았다.

앙드레가 가진 생각들 중 상당수가 전복적인 면을 갖고 있었지만 어린 나이임을 감안해 선생님들은 앙드레를 용서해 주었다. "이 아이는 개성이 있어." 학교 선생님들은 말하곤 했다. 앙드레는 금세 뒤처진 진도를 따라잡았다. 내가 작문에서 가까스로 앙드레보다 좋은 점수를 받기는 했지만, 앙드레는 작문 숙제한 것 중 두 편

---

* 프랑스 극작가 코르네이유의 비극 속 인물들.
† 스페인 작가 세르반테스의 풍자 소설 속 주인공.
‡ 프랑스 극작가 에드몽 로스탕의 5막 시극 속 주인공.

을 황금 문집에 실을 수 있는 영광을 얻었다. 앙드레는 피아노를 아주 잘 연주해서 단번에 중급반으로 올라갔고, 바이올린 수업을 듣기 시작했으며, 싫어하긴 했지만 바느질에 솜씨가 있었다. 캐러멜, 비스킷, 초콜릿 트러플 같은 것들을 능숙하게 만들었다. 몸이 약했지만, 옆으로 돌기를 비롯해 온갖 종류의 재주넘기를 할 줄 알았다. 하지만 내 눈에 앙드레를 가장 특별하게 보이도록 만들었던 것은 의미를 결코 이해할 수 없던 특이한 버릇들이었다. 예를 들어, 복숭아나 난초를 볼 때, 심지어는 누군가가 앙드레 앞에서 그 단어 중 하나를 발음하기만 해도 앙드레는 몸을 떨었고, 팔뚝에 소름이 돋았다. 나를 감탄하게 만들었던, 하늘이 그녀에게 준 선물인 앙드레의 성격은 그런 때 그렇게 가장 당혹스러운 방식으로 모습을 드러냈다. 나는 틀림없이 앙드레가 훗날 책 속에 인생이 적힐 비범한 재능을 가진 아이들 중 한 명일 거라고 은밀히 생각했다.

* * *

학교 학생들 중 대다수는 6월 중순이 되자 폭탄과 독일의 장거리포를 피해 파리를 떠났다. 매해 긴 순례에 참여했던 갈라르 가족은 루르드로 향했는데, 그곳에서 아들은 들것을 날랐고 큰 딸들은 순례자들을 위한 무료 숙박소에서 어머니와 함께 설거지를 했다. 나는 앙드레에게 그런 어른들의 일이 맡겨진다는 사실에 감탄했고, 앙드레를 전보다 더 대단하게 생각하게 됐다. 하지만 나는 파리에 남기로 한 우리 부모님의 영웅적이다시피한 고집스러운 태도가 자랑스러웠다. 우리는 그렇게 하면서 우리의 털북숭이 "용사"들에게 시민들이 "버티고 있다"는 걸 보여 주었으니까. 열두 살짜리 바보 같은 여자아이와 함께 나는 교실에 남아 있었고, 그래서 중요한 사람이 된 듯한 느낌이 들었다. 어느 날 아침에는 내가 학교에 도착했을 때 선생님과 학생들이 지하실에 몸을 숨기고 있었다. 우리 식구들은 집에서 그 일에 대해서 이야기하며 오랫동안 웃었다. 경보음이 울릴 때면 우리는 지하 대피실로 내려가지 않았고, 위층 세입자들이 우리 집으로 피신해 와 곁방 소파에서 잤다. 이 모든 혼잡스러운 상황이 나는 마음에 들었다.

7월 말 나는 엄마, 동생들과 함께 사데르낙으로 떠났다. 1871년의 파리포위전을 기억하던 할아버지는 우리가 파리에서 쥐를 먹으며 지냈을 거라고 상상했고,

두 달 동안 우리의 배를 닭고기와 클라푸티*로 채워 주셨다. 행복한 날들이 흘렀다. 거실에는 낱장들마다 녹슨 얼룩이 묻어 있는 오래된 책들로 가득한 책장이 있었다. 금지된 책들은 맨 위 칸에 처박혀 있었고 나는 아래쪽 칸에 있는 책들을 자유롭게 뒤적여 볼 수 있었다. 책을 읽고, 동생들과 놀았으며, 산책을 했다. 그해 여름 나는 산책을 아주 많이 했다. 수풀에 손가락을 베어 가며 밤나무 숲 속을 걸었고, 움푹 파인 길을 따라 거닐면서 인동덩굴과 참빗살나무 다발을 꺾거나 오디와 소귀나무 열매, 산수유 열매, 매자나무의 새콤한 열매를 맛보았다. 꽃이 핀 메밀의 넘실거리는 향을 들이마셨고, 히드의 친숙한 향기를 느끼기 위해 땅바닥에 누워 있었다. 그러고 나서는 너른 초원의 은빛 포플러나무 아래 앉아 페니모어 쿠퍼†의 소설을 펼치곤 했다. 바람이 불면 포플러나무가 웅성거렸다. 바람이 나를 흥분시켰다. 지상의 이 끝에서 저 끝까지, 나무들이 서로에게, 신에게 말을 거는 게 느껴졌다. 그건 하늘로 오르기 전 내 가슴을 파고드는 음악이고 기도였다.

내게 기쁨을 주는 것은 셀 수 없이 많았지만, 말로 하

---

* 검은 체리나 다른 과일을 넣어 만드는 케이크의 일종.

† 제임스 페니모어 쿠퍼(1789~1851). 미국의 소설가 겸 평론가.

기는 어려웠다. 나는 앙드레에게 짤막한 엽서들만 보냈고, 앙드레도 내게 편지를 거의 하지 않았다. 앙드레는 랑드 지방의 외할머니 댁에 머물며 말을 타면서 아주 즐거운 시간을 보냈다. 그녀는 10월 중순에나 파리로 돌아갈 예정이었다. 나는 앙드레를 자주 생각하지 않았다. 방학 동안에는 파리에서의 내 삶에 대해서 생각하는 일이 거의 없었다.

포플러나무에게 작별을 고할 때는 눈물이 조금 났다. 나는 나이를 먹었고, 감상적으로 변해 있었다. 하지만 기차를 타자 내가 새 학기를 얼마나 좋아했는지가 떠올랐다. 아빠는 청회색 유니폼을 입은 채 기차역 플랫폼에서 우리를 기다리고 있었고, 우리에게 전쟁이 곧 끝날 것이라고 말했다. 교과서는 다른 해보다 훨씬 더 새것처럼 보였다. 크기가 더 컸고 모양도 더 근사했다. 페이지를 넘길 때마다 손끝에서 바스락거리는 소리를 냈고 좋은 냄새가 났다. 뤽상부르 공원의 풀과 낙엽을 태운 향은 감동적이었다. 선생님들은 나를 꼭 껴안아 주었고 방학 숙제를 잘해 왔다고 칭찬을 퍼부어 주었다. 그런데도 나는 왜 불행한 기분을 느꼈을까? 저녁때면, 식사를 마친 뒤 나는 곁방에 자리 잡고 앉아 책을 읽거나 노트에 이야기를 썼다. 동생들은 잠들어 있었고, 복도 끝에서는 아빠가 엄마에게 책을 읽어 주고 있었다. 그건 하루 중 가장 근사한 순간이었다. 거기, 붉은 카페트 위에 누운 채 나는 아무것도 하지 않고 멍하니 있었다. 노르망디산 옷장과, 구리 도금한 솔방울과 시간의 어둠을 내부에 품고 있는, 조각 장식된 목재 시계를 바라보면서. 벽에는 난방 기구가 입을 벌리고 있었고, 금칠한 격자 사이로 깊은 구덩이에서 올라오는 역하고 미지근한 바람이 풍겼다. 내 주위의 모든 어둠과 말 없는 것들이 갑자기 나를 두렵게 했다. 아빠의 목소리가 들려왔다. 나는 그 책의 제목을 알고 있었다. 고비노 백작이 쓴 『인종불평등론』. 지난해에는 텐느의 『현대 프랑스의 기원』이었다. 내년에 아빠는 새로운 책을 읽기 시작할 거고 나는 여전히 여기, 옷장과 시계 사이에 있겠지. 몇 년이나? 몇 번의 밤이나? 산다는 건 이것뿐인가? 하루를 때우고 그다음에 또 하루를 때우는? 이런 식으로 나는 죽을 때까지 지루하게 살아야 할까? 사데르낙이 그리웠다. 잠들기 전에는 포플러나무들을 생각하며 눈물을 조금 흘렸다.

이틀 뒤, 어떤 진실이 섬광처럼 나를 찾아왔다. 내가 성 카트린 교실에 들어갔을 때 앙드레는 나를 보며 미소 짓고 있었다. 나 역시 미소를 지으며 손을 내밀었다.

"언제 돌아왔니?"

"어젯밤."

앙드레는 조금 짓궂은 표정으로 나를 쳐다보았다.

"물론 너는 개학식 날에도 학교에 있었겠지?"

"응." 내가 대답했다. "방학 잘 보냈니?" 내가 덧붙였다.

"아주 잘 보냈어. 넌?"

"나도."

우리는 마치 어른들이 하듯 시시한 이야기를 나눴다. 하지만 나는 느닷없이, 놀람과 기쁨 속에서, 내 마음이 공허하고 하루하루가 생기 없게 느껴졌던 이유가 하나밖에 없다는 걸 깨달았다. 앙드레의 부재. 앙드레 없이 사는 것은 사는 게 아니었다. 빌뇌브 선생님은 등받이가 높은 의자에 앉아 있었고 나는 또다시 생각했다. '앙드레가 없으면 더 이상 사는 게 아냐.' 기쁨은 불안으로 바뀌었다. 근데 만약에 앙드레가 죽으면 어쩌지? 나는 생각했다. 내가 이 의자에 앉아 있는데, 교장 선생님이 들어와 심각한 목소리로 말하겠지. "기도합시다, 여러분. 여러분의 친구 앙드레 갈라르가 지난 밤 하느님의 부름을 받았어요." 그렇다면 간단하지! 나는 결심했다. 나도 이 의자에서 굴러떨어져서 죽어 버릴 거야. 우리는 곧 천국의 문 앞에서 다시 만날 것이었으므로 그 생각이 두렵지 않았다.

11월 11일, 우리는 휴전을 기념했고, 사람들은 거리에서 껴안고 입을 맞췄다. 4년 동안 이날이 오기를 나는 기도했고 놀랄 만한 변화가 일어나길 고대했다. 흐릿한 기억이 내 마음속에 되살아났다. 아빠가 일상복을 되찾긴 했지만 그 외에는 아무런 일도 일어나지 않았다. 아빠는 볼셰비키*들이 약탈해 간 어떤 자금에 대해서 끊임없이 이야기했는데, 먼 곳의 그 사람들, 위험하게도 보슈†와 비슷한 이름을 가진 그들은 힘이 엄청난 듯했다. 그런 다음에는 포슈 사령관이 보기 좋게 이용당하고 말았다. 그는 베를린까지 갔어야만 했는데.‡ 아빠는 미래를 아주 비관적으로 전망하고 있었기 때문에 사무실을 다시 열 엄두를 내지 못했다. 보험회사에 자리를 구했지만 생활 수준을 낮춰야 한다고 알렸다. 엄마는

---

* 소련 공산당의 전신인 러시아 사회민주노동당에서 레닌이 중심을 이룬 급진적 공산주의 분파.

† Boche 독일 사람의 멸칭.

‡ 페르디낭 포슈(1851~1929). 독일과의 휴전 조약에 연합국을 대표해 서명한 연합군 총사령관. 독일의 재침을 방지하기 위해 라인강 좌안 지역을 프랑스에 귀속시켜야 한다고 주장했다. 하지만 프랑스가 유럽 내 너무 큰 힘을 갖게 될까 우려한 연합국의 반대로 병합은 좌절되는데, 소설 속 포슈가 언급된 대목은 이 일을 암시하는 듯하다. 포슈는 이에 격분하여 베르사유 조약 체결 시 불참한다.

어차피 행실이 좋지 않았던 엘리자를 해고했다. (엘리자
는 저녁마다 소방관들과 외출을 했다) 엄마는 살림을 모두
도맡아 했는데 저녁이 되면 무뚝뚝해졌고, 아빠도 마찬
가지였으며 동생들은 종종 울었다. 나는 아무래도 좋았
다. 나에게는 앙드레가 있었으니까.

앙드레는 키가 자랐고 건강해졌다. 앙드레가 죽을 수
도 있다는 생각을 나는 더 이상 하지 않았다. 하지만 또
다른 위험이 나를 위협했다. 학교 사람들이 우리의 우
정을 탐탁치 않게 보았던 것이다. 앙드레는 똑똑한 학
생이었고, 내가 1등을 유지할 수 있던 건 앙드레가 1등
에 연연하지 않았기 때문이었다. 따라 하지는 못했지
만, 나는 앙드레가 버릇없이 구는 모습을 동경했다. 하
지만 선생님들은 더 이상 앙드레를 좋게 보지 않았다.
선생님들은 앙드레가 모순적이고 냉소적이며 오만하다
고 평가했고, 악의적이라고 비난했다. 앙드레가 신중하
게 적정 거리를 유지했기 때문에 선생님들은 앙드레가
무례하게 행동하는 현장을 절대 적발하지 못했다. 아마
도 그 점이 선생님들을 제일 화나게 했을 것이다. 하지
만 피아노 연주회가 있던 날에 선생님들은 그 현장을
목격할 수 있었다. 연주회장은 사람들로 가득했다. 첫
째 줄에는 제일 예쁜 옷을 차려입고 곱슬머리거나 일부

러 웨이브를 한 머리에 리본을 묶은 학생들이, 그 뒤에는 비단 코르사주를 하고 흰 장갑을 낀 선생님들과 감독관이 앉아 있었고, 맨 뒤에는 학부모들과 초대 손님들이 자리를 잡았다. 푸른색 타프타 천으로 만든 드레스 차림의 앙드레가 연주한 건 갈라르 부인의 생각으로는 앙드레가 치기에 너무 어렵고, 그래서 앙드레가 평소에는 몇 소절씩 엉망으로 치는 곡이었다. 나는 앙드레가 문제의 까다로운 소절에 가까워질수록 앙드레를 향한 다소간 심술궂은 시선들을 느끼며 마음이 좋지 않아졌다. 앙드레는 실수 하나 없이 연주를 마쳤고 엄마를 향해 의기양양한 시선으로 혀를 내밀었다. 공들여 치장한 여자아이들은 그 모습을 보고 몸을 떨었다. 다른 엄마들은 추문이라도 일어난 듯 기침을 했고, 선생님들은 서로 시선을 교환했으며, 교장 선생님은 얼굴을 붉혔다. 무대에서 내려온 앙드레는 엄마에게로 달려갔다. 갈라르 부인이 너무나 기꺼운 마음으로 웃으며 입을 맞추어 주었기 때문에 방두 선생님은 앙드레를 차마 야단치지 못했다. 그렇지만 그후 며칠이 지나지 않아, 선생님은 우리 엄마에게 앙드레가 내게 얼마나 나쁜 영향을 미치는지 모른다며 한탄했다. 내가 수업 시간에 떠들고, 키득대며, 집중하지 못한다는 것이다. 선생님이 수업 중 우리를 떼어 놓겠다고 하는 바람에 나는 불안에 떨며 한 주를 보냈다. 내 학구열을 높이 평가하는 갈라르 부인은 우리를 내버려 두라고 엄마를 쉽게 설득했다. 딸이 셋인 엄마와 수완 좋고 자녀를 여섯이나 둔 갈라르 부인은 둘 다 훌륭한 고객이었기 때문에 우리 둘은 예전처럼 옆자리에 계속 앉아 있을 수 있었다.

우리가 서로를 보지 못하게 되면 앙드레는 슬퍼했을까? 틀림없이, 나보다 더 그러진 않았을 것이다. 사람들은 우리를 둘도 없는 사이라고 불렀고, 앙드레는 나를 다른 친구들보다 더 좋아했다. 하지만 내가 보기에는 자기 엄마에 대해 품고 있는 숭배에 가까운 애정이 앙드레의 다른 모든 감정을 흐릿하게 만드는 것 같았다. 앙드레는 가족을 무척 중요시했고, 어린 쌍둥이 동생들과 놀아 주고, 그 뒤죽박죽인 살덩어리들을 목욕시키고 입히는 데 많은 시간을 보냈다. 그 아이들의 더듬거리는 말과 불분명한 몸짓에서 의미를 발견해 냈으며 그들을 사랑하고 귀여워했다. 그다음에는 음악이 앙드레의 인생에서 중요한 자리를 차지하고 있었다. 앙드레가 피아노 앞에 앉거나 목의 움푹 파인 부분에 바이올린을 갖다 댈 때, 자신의 손가락 아래서 피어나는 음악 소리를 몰입해서 들을 때, 나는 앙드레가 자기 자신과 나누는 대화를 엿듣는 듯한 기분이 되었다. 그 아이의 마음 속에서 비밀스럽게 이어지는 긴 대화에 비하면, 우리가 나누는 이야기는 유치하게 느껴졌다. 가끔은 피아노 실력이 좋은 갈라르 부인이 앙드레의 바이올린 연주에 동참할 때도 있었는데, 그러면 나는 외톨이가 된 기분을 느꼈다. 그랬다, 내게 그런 것만큼 우리의 우정은 앙드레에게 중요하지 않았다. 하지만 그것 때문에 고통스러워하기에는 앙드레에 대해 내가 품고 있는 동경하는 마음이 너무 컸다.

우리 부모님은 이듬해 몽파르나스 대로의 아파트를 떠나 카세트 거리에 있는, 나만을 위한 공간이라고는 조금도 허용되지 않는 협소한 아파트로 이사를 했다. 앙드레는 공부하자며 내가 원하는 만큼 자주 나를 자기 집으로 초대해 주었다. 앙드레의 방에 들어갈 때마다 나는 감격해서 성호를 긋고 싶은 마음이 들었다. 침대 위에는 회양목과 십자가가, 그 맞은편에는 다빈치가 그린 성녀 안느의 복제화가 걸려 있었다. 난로 위에는 갈라르 부인의 초상화와 베타리 성의 사진이 놓여 있었다. 선반에는 앙드레만의 개인 서가가 마련되어 있었는데 『돈키호테』, 『걸리버 여행기』, 『외제니 그랑데』 그리고 앙드레가 외우다시피 한 『트리스탄과 이졸데』가

꽂혀 있었다. 앙드레는 평소 사실적이거나 풍자적인 책들을 좋아했기 때문에 사랑 이야기를 앙드레가 다른 책보다 더 좋아한다는 사실이 당혹스러웠다. 나는 앙드레를 둘러싼 물건들과 벽을 열심히 관찰했다. 바이올린의 현 위로 활을 움직일 때, 앙드레가 무슨 생각을 하는지를 이해하고 싶었다. 마음속에 그렇게나 많은 애정을, 해야 할 일과 재능을 갖고 있으면서도 앙드레가 어째서 딴생각하는 듯한 표정을, 내 눈에는 울적해 보이던 그 표정을 자주 짓는지 알고 싶었다. 앙드레는 무척 신앙심이 깊었다. 예배당에 기도를 하러 가면 나는 양손 위에 머리를 묻거나, 두 팔을 십자가의 길 쪽으로 뻗은 채 재단 앞에 무릎을 꿇고 있는 앙드레를 볼 때가 있었다. 나중에 수녀가 되려고 하는 걸까? 하지만 그러기에는 세상의 기쁨과 자유가 앙드레에게 너무나 중요했다. 방학 동안 말을 타고 낮은 나뭇가지들이 얼굴에 상처를 입히는 솔숲 속을 거닐거나, 물살이 잠잠한 연못이나 아두르강의 거친 물결 속에서 헤엄을 쳤다고 내게 이야기할 때면 앙드레의 눈은 빛났다. 노트 앞에서 허공을 쳐다보며 말없이 앉아 있는 앙드레는 천국을 꿈꾸고 있던 것일까? 어느 날, 앙드레는 내가 자기를 보고 있다는 걸 알아채고는 당황해하며 웃었다. "내가 시간 낭비 하고 있다고 생각하지?"

"내가? 전혀 아냐."

앙드레는 짓궂게 나를 쳐다보았다. "넌 공상 같은 거 전혀 안 해? 그런 적이 한 번도 없었니?"

"없었어." 나는 겸손히 말했다.

무엇에 대해서 공상을 한단 말인가? 나는 그 무엇보다 더 앙드레를 사랑했고, 앙드레가 내 옆에 있었는데.

나는 공상을 하지 않았고 언제나 수업에서 배운 것들을 공부했으며 모든 것에 관심을 가졌다. 앙드레는 그런 나를 조금 놀리곤 했다. 앙드레는 모든 사람들을 놀렸고, 나는 앙드레가 그러는 걸 기쁜 마음으로 받아들였다. 하지만 한번은, 앙드레 때문에 심각하게 상처를 입은 적이 있었다. 그해, 나는 평소와 달리 부활절 방학을 사데르낙에서 보내고 있었다. 그곳에서 봄을 목격했는데, 그건 무척 황홀한 일이었다. 나는 정원 테이블에 흰 종이를 들고 앉아, 두 시간 동안 앙드레에게 노란 앵초가 흐드러지게 핀 잔디밭, 등나무의 향기, 하늘의 푸른빛과 내 영혼에 깃든 커다란 감정에 대해서 썼다. 앙드레는 내게 답장하지 않았다. 학교의 코트 보관실에서 앙드레를 다시 만나자마자 나는 앙드레에게 힐난하듯 물었다.

"왜 내게 답장하지 않았니? 내 편지를 받지 못한 거야?"

"받았어." 앙드레가 말했다.

"그럼, 넌 진짜 게으름뱅이구나!" 내가 말했다.

앙드레가 웃기 시작했다. "나는 네가 실수로 나한테 방학 숙제를 보낸 건 줄 알았지."

나는 얼굴이 빨개지는 걸 느꼈다. "숙제라고?"

"생각해 봐, 나 혼자 보라고 그런 수필을 쓰진 않았을 거 아냐!" 앙드레가 말했다. "나는 틀림없이 '봄날을 묘사하시오.'라는 작문 숙제를 연습하느라 쓴 글인 줄 알았어."

"아니야." 내가 말했다. "글이 형편없었을 순 있지만, 그건 너만을 위해서 썼던 편지였어."

호기심 많고 수다스러운 불라르 씨네 아이들이 곁으로 다가와서 우리는 거기에서 대화를 멈췄다. 하지만 수업 시간에 나는 라틴어 해석을 제대로 하지 못했다. 앙드레가 내 편지를 우스꽝스럽다고 생각했다는 사실이 괴로웠다. 무엇보다 괴로웠던 건 앙드레와 모든 것을 공유하는 일이 내게 얼마나 필요한지 앙드레가 짐작도 하지 못한다는 것이었다. 이제 막 깨달은 사실이지만 앙드레는 내가 앙드레에 대해 품고 있는 감정을 조금도 몰랐다. 나를 가장 슬프게 한 건 바로 그 점이었다.

우리는 학교를 함께 빠져나왔다. 엄마는 더 이상 나를 데리러 오지 않았고, 평소 나는 앙드레와 같이 집으로 돌아갔다. 갑자기 앙드레가 내 팔짱을 꼈는데, 그건 놀라운 행동이었다. 우리는 언제나 우리 사이에 일정한 거리를 두고 있었으니까.

"실비, 아까 그렇게 말해서 미안해." 앙드레가 재빨리 말했다. "그냥 심술이었어. 그 편지가 방학 숙제가 아니었다는 건 나도 잘 알고 있어."

"편지가 우스꽝스러웠던 거겠지." 내가 말했다.

"전혀 그렇지 않아! 사실대로 말하면 그 편지를 받았을 때 내 기분이 진짜 안 좋았거든. 근데 너는 너무 행복해 보였어!"

"왜 그렇게 기분이 나빴었는데?" 내가 물었다.

앙드레가 잠깐 말없이 발걸음을 멈췄다.

"그냥, 이유 없이. 전부 다."

앙드레가 잠시 망설였다.

"나는 어린애인 게 너무 지쳐." 그리고 갑작스럽게 말했다. "끝이 없는 것처럼 느껴지지 않니?"

나는 놀라서 앙드레를 쳐다보았다. 앙드레는 나보다 훨씬 많은 자유를 누렸다. 나는 집에 있는 게 그다지 즐겁지 않더라도, 빨리 나이 들고 싶지는 않았다. 내가 이미 열세 살이라는 생각을 하면 두려워졌다.

"아니." 내가 말했다. "어른들의 삶은 너무 단조로워 보여. 매일매일 똑같잖아. 어른들은 더 이상 배우는 것도 없고……."

"아, 배우는 게 인생의 전부는 아니야." 앙드레가 조바심 나는 듯이 말했다.

나는 반박하고 싶었을 것이다. "배우는 것만 있는 게 아니지. 네가 있잖아." 하지만 우리는 대화 주제를 바꿨다. 나는 슬픔에 잠겨 생각했다. 책 속에서, 사람들은 사랑을, 증오를 고백하고, 마음속에 스치는 모든 것들에 대해서 말할 용기를 내는데, 현실에서는 왜 그게 불가능할까? 나는 한 시간이라도 앙드레를 보기 위해서라면, 앙드레를 괴롭지 않게 해 주기 위해서라면 이틀 낮밤을 먹지도 마시지도 않고 걸을 수 있었다. 하지만 앙드레는 아무것도 알지 못했다.

며칠 동안 이 생각을 슬프게 곱씹던 중, 좋은 생각이 떠올랐다. 앙드레에게 생일 선물을 줘야겠어.

부모님들은 도무지 예측할 수가 없다. 평소 엄마는 내가 하려는 건 무조건 말이 안 된다고 하는데 선물을 주고 싶다는 아이디어에 대해서는 허락을 해 주었다.

나는『실용적 패션』의 패턴을 따라 럭셔리의 정점을 찍을 핸드백을 만들기로 했다. 금실로 장식된 붉고 푸른 빛을 띠는 비단을 골랐는데 두툼하고 영롱한 그 천은 내 눈에 동화처럼 아름다워 보였다. 나는 내가 직접 만든 라탄 틀에 그 천을 끼웠다. 바느질을 싫어했지만 어찌나 열심히 했는지 다 만들고 나니 모서리 부분이 접이식이고 체리색 새틴 안감이 덧대어진 가방은 정말 예뻤다. 나는 그것을 얇은 색지로 싸서 상자 안에 넣은 후 가느다란 리본으로 묶었다. 앙드레가 열세 살이 되던 날, 엄마와 함께 생일 파티에 갔다. 파티에는 이미 사람들이 많이 있었고, 나는 긴장하며 앙드레에게 상자를 건넸다.

"생일 선물이야." 내가 말했다.

앙드레가 놀란 눈으로 나를 쳐다보았다. 내가 덧붙였다.

"내가 직접 만들었어."

앙드레가 반짝이는 작은 가방의 포장을 풀었고, 앙드레의 두 뺨이 조금 빨갛게 달아올랐다.

"실비, 정말 근사하다! 넌 진짜 착해."

엄마들이 거기 없었다면 앙드레는 내 뺨에 입을 맞추기라도 했을 것처럼 보였다.

"르파주 부인께도 감사 인사를 드리렴." 갈라르 부인이 상냥한 목소리로 말했다. "만드느라 고생한 사람은 틀림없이 부인이실 테니까."

"감사합니다, 아주머니." 앙드레가 짧게 말하고 또다시 내게 감동한 표정으로 미소를 지었다. 엄마가 조그맣게 아니라고 말하는 동안, 나는 뱃속에 작은 통증이 이는 것을 느꼈다. 갈라르 부인이 나를 더 이상 좋아하지 않는다는 걸 막 알아챘던 것이다.

이제 와서 보면 주의 깊은 갈라르 부인의 통찰력은 감탄스럽다. 사실 나는 변하고 있었으니까. 선생님들이 정말 바보 같다고 생각하기 시작했고 그들이 곤란해할 질문들을 던지는 것을 즐겼으며 반항을 하거나 선생님들의 충고를 건방진 태도로 받아들였다. 엄마는 그런 나를 조금 꾸짖었지만, 아빠는 내가 선생님들과 있었던 말썽에 대해서 이야기할 때면 웃었고, 아빠의 웃음은 내 모든 양심의 가책을 씻어 주었다. 게다가 나는 내 잘못이 하느님을 언짢게 할 수도 있으리라고는 한순간도 상상하지 않았다. 고해를 할 때도, 나는 나의 어린애 같은 행동에 대해서는 신경 쓰지 않았다. 일주일에 몇 번씩 영성체를 했고, 도미니크 신부는 영적 신비를 관상

하는 여정에서 나를 격려해 주었다. 하지만 내 세속적인 삶은 이 성스러운 모험과는 아무런 상관이 없었다. 내가 스스로 잘못이라 생각하는 죄는 무엇보다도 영혼의 상태와 관련된 것들이었다. 나는 종교에 대한 열의를 잃어 버렸고, 신의 현존을 너무 오랫동안 잊고 살았다. 기도할 때는 주의가 산만했으며 스스로에 대해 너무 관대했다. 도미니크 신부의 목소리가 격자 사이로 들려온 건 내가 나의 잘못을 늘어놓기를 막 끝냈을 때였다.

"그게 다니?"

나는 당황했다.

"우리 꼬마 실비가 예전 같지 않다고 사람들이 말하더구나. 주의가 산만해졌고 반항적인데다, 무례해졌다는 것 같던데."

양 볼이 달아올랐고, 한마디의 말도 할 수 없었다.

"오늘부터 그런 점들을 주의하렴." 목소리가 말했다. "나중에 더 같이 얘기하자."

도미니크 신부는 내 죄를 사해 주었고, 나는 머리가 지끈지끈해져서 고해실을 빠져나왔다. 나는 보속*하지 않고 예배당을 도망쳤다. 어떤 남자가 지하철에서 자기

---

* 하느님에게 자신의 죄를 고한 뒤 속죄하는 것. 사제가 고해성사를 한 신자에게 속죄의 의미로 실천할 보속을 정해 준다.

의 불그스름한 물건을 내게 보여 주기 위해 외투를 반쯤 열어젖혔던 날보다 더 충격을 받았다.

8년 동안, 나는 신 앞에 무릎을 꿇는 마음으로 도미니크 신부 앞에서 무릎을 꿇어 왔다. 하지만 그는 그저 선생님들과 수다를 떨고 선생님들이 보는 흥을 진지하게 받아들이는, 험담쟁이 늙은이였을 뿐이었다. 나는 그에게 내 영혼을 열어 보인 것이 수치스러웠다. 그는 나를 배신했다. 그때부터, 복도에서 그의 검은 사제복이 보이면 나는 얼굴을 붉히고 도망쳤다.

그해 말과 이듬해, 나는 상대를 종종 바꿔 가며 성 설피스 성당의 보좌 신부들에게 고해를 했다. 기도와 명상을 여전히 하긴 했지만 방학 동안 한 가지 사실을 깨달았다. 나는 언제나 사데르낙을 좋아했고, 늘 그래 왔던 것처럼 그곳을 많이 걸어 다녔다. 하지만 이제 울타리의 오디와 개암 열매가 지루해졌고, 나는 등대풀 즙을 맛보거나 독이 든 선홍빛 열매, 수수께끼같이 아름다운 '솔로몬의 인장'이라는 이름을 지닌 그 열매를 깨물어 보고 싶었다. 나는 금지된 일들을 수도 없이 했다. 식사 사이에 사과를 먹거나 책장 위 칸에서 알렉상드르 뒤마*의 소설들을 몰래 꺼내 읽었으며, 소작인 딸과

출생의 비밀에 관한 유익한 대화를 나눴고, 밤에 침대에 있을 때면 나를 야릇한 상태에 빠지게 만드는 이상한 이야기들을 상상했다. 어느 밤, 젖은 초원에 누워 달을 바라보다 생각했다. '나는 죄를 짓고 있어!' 하지만 나는 기분이 내키는 대로 꿈을 꾸고 말하고 읽고 먹기를 계속해 나가겠다고 단호하게 결심한 상태였다. '나는 하느님을 믿지 않는구나!' 생각했다. 하느님을 믿는다면 어떻게 그를 거역하기로 자발적으로 선택할 수 있단 말인가? 이 명백한 사실 앞에서 한순간 넋이 나가 있었다. 나는 하느님을 믿지 않고 있었다.

아빠도, 내가 동경하는 작가들도 신을 믿지 않았다. 확실히 하느님 없이는 세상이 설명되지 않지만, 하느님으로 설명할 수 있는 것도 많지 않았고, 어쨌든 우리는 세상에 대해 아무것도 이해하지 못했다. 나는 나의 새로운 상태에 쉽게 적응했다. 그렇지만 파리에 되돌아가고 나서는 패닉에 사로잡혔다. 우리는 우리가 생각하는 것에 대해서 생각하는 것을 막을 수 없다. 하지만 언젠가 아빠는 패배주의자들을 총살해야 한다고 말했고, 1년 전에는 어떤 고학년 학생이 신앙심을 잃었기 때

* 알렉상드르 뒤마(1802~1870). 『삼총사』 등을 쓴 19세기 프랑스 소설가. 대중소설가라는 평을 듣기도 했다.

문에—사람들은 그 때문이라고 수군거렸다—학교에서 쫓겨났다. 나는 신앙심을 잃었다는 사실을 조심스럽게 숨겨야만 했고, 밤이면 앙드레가 의심할지도 모른다는 생각에 땀을 흘리며 잠에서 깨어났다.

다행히 우리는 성(性)이나 종교에 대해서는 절대 이야기를 나누지 않았다. 우리에게는 걱정해야 하는 다른 문제들이 많이 있었다. 우리는 프랑스 대혁명에 대해서 공부했고, 데물랭*과 롤랑 부인† 그리고 당통‡마저 동경했다. 정의와, 평등, 번영에 대해서 끝없이 대화를 나눴다. 그런 사안들에 대한 선생님들의 의견은 우리에게 아무런 영향을 미치지 못했고 부모님들의 확고한 생각들은 더 이상 우리를 만족스럽게 하지 못했다. 아빠는 자발적으로 《악시옹 프랑세즈》§를 읽었다. 아빠보다 좀 더 민주적이었고, 젊은 시절 마크 상니에¶에게 관심을 가지기도 했던 갈라르 씨는 이제 더 이상 젊지 않았고 사회주의는 필연적으로 최저 수준에 맞춰 모든 것을

* 카미유 데물랭(1760~1794). 당통과 함께 처형된 저널리스트이자 정치가.

† 마리 잔 롤랑(1754~1793). 문학 살롱을 열고 정치에 참여했던 작가. 반역죄로 처형당했다.

‡ 조르주 당통(1759~1794). 프랑스 혁명기의 정치가. 로베스 피에르, 장 폴 마라와 함께 프랑스 대혁명의 3대 지도자로 일컬어진다.

§ 1908년에 창간되어 1944년까지 발행된 왕실주의, 민족주의 신문.

¶ 마크 상니에(1873~1950). 로마 가톨릭 사상가이자 정치가.

평준화시켜 버리고, 영적인 가치들을 없애 버린다고 앙드레에게 설명했다. 갈라르 씨가 우리를 설득하지는 못했지만 그가 하는 주장 중 어떤 것들은 걱정스러웠다. 우리는 우리보다 더 많은 걸 알고 있을 게 틀림없는 말루 언니의 친구들과 이야기해 보려 했지만 언니들도 갈라르 씨처럼 생각했고 우리의 질문들에 별로 흥미를 느끼지 않았다. 언니들은 다소 멍청해 보이는 식으로 음악이나 미술, 문학에 대해서 이야기하는 걸 더 좋아했다. 말루 언니는 손님들이 와 있으면 우리에게 종종 차를 따르라고 시켰지만 우리가 자기 손님들을 별로 존중하지 않는다는 걸 느끼고 있었고 그 보복으로 앙드레에게 윗사람처럼 굴려고 애썼다. 어느 오후, 매우 이상적이게도 자기 피아노 선생님과—그는 유부남이며 세 자녀의 아버지였다—사랑에 빠져 있던 이자벨 바리에르 언니가 연애 소설에 대한 이야기를 시작했다. 차례로 말루 언니, 사촌 기트 언니, 고슬린 자매가 좋아하는 책에 대해 이야기했다.

"너는 앙드레?" 이자벨 언니가 물었다.

"연애 소설은 지루해." 앙드레가 단호한 태도로 말했다.

"설마! 네가 『트리스탄과 이졸데』를 외울 정도로 읽

었단 건 모두가 알고 있어." 말루 언니가 말했다. 그리고 언니는 그 얘기를 좋아하지 않는다고 덧붙였다. 이자벨 언니는 좋아한다며 그 플라토닉한 사랑의 서사시가 아주 감동적이었다고 꿈꾸는 듯한 톤으로 말했다. 앙드레가 웃음을 터뜨렸다.

"플라토닉하다니, 트리스탄과 이졸데의 사랑이! 아냐. 그 얘기는 하나도 플라토닉하지 않아."

어색한 침묵이 감돌고, 기트 언니가 쌀쌀맞은 목소리로 말했다.

"어린애들은 자기가 이해하지도 못하는 것에 대해서 말하는 게 아니야."

앙드레는 대답하지 않고 다시 웃었다. 나는 난처해하며 앙드레의 얼굴을 뚫어지게 쳐다보았다. 무슨 말이 하고 싶은 걸까? 내가 이해하는 사랑은 하나밖에 없었다. 앙드레를 향해 내가 품고 있던 사랑.

"불쌍한 이자벨." 우리가 방에 다시 돌아왔을 때 앙드레가 말했다. 이자벨은 자기의 트리스탄은 잊어야만 했다. 끔찍한 대머리 남자와 약혼한 것이나 다름이 없었던 것이다. 앙드레가 비웃으며 말했다.

"이자벨이 성례 때 첫눈에 반한다는 말을 믿어야 할 텐데."

"그게 뭔데?"

"기트 언니의 엄마인 루이즈 숙모는 약혼자들이 성사에서 '네.'라고 말할 때 서로 첫눈에 반하게 된다고 주장하거든. 이해하지? 엄마들한테 그런 이론은 편리하지. 딸들의 감정에 대해 신경 쓸 필요가 없잖아. 하느님이 예비해 주실 테니까."

"그런 걸 진짜로 믿는 사람은 아무도 없을 거야." 내가 말했다.

"기트 언니는 믿어."

앙드레가 입을 다물었다.

"우리 엄마는 물론 그렇게까지 말하지는 않아. 하지만 일단 결혼을 하면, 은총을 받는다고는 해."

앙드레는 자기 엄마의 초상화를 흘긋 보았다.

"엄마는 아빠랑 아주 행복하게 살았어." 앙드레는 불확실한 목소리로 말했다. "하지만 할머니가 엄마한테 강요하지 않았더라면 엄마는 아빠랑 결혼하지 않았을 거야. 두 번이나 거절했거든."

나는 갈라르 부인의 사진을 보았다. 그녀에게 젊은 여자의 마음이 있었다는 걸 생각하니 이상했다.

"거절을 하셨구나!"

"응. 아빠가 너무 근엄해 보였대. 근데 아빠는 엄마를 사랑했고 낙심하지 않았어. 그리고 약혼 기간 중에 엄마도 아빠를 사랑하게 됐지."

앙드레가 확신 없는 투로 말했다.

한순간 우리는 말없이 생각에 잠겼다.

"사랑하지 않는 사람과 아침부터 밤까지 같이 사는 건 즐겁지 않을 것 같아." 내가 말했다.

"끔찍할 거야." 앙드레가 말했다.

앙드레는 난초를 보기라도 한 것처럼 몸을 떨었다. 앙드레의 두 팔에 소름이 돋았다.

"교리 시간에 우리는 우리의 몸을 존중해야 한다고 배우잖아. 그러니까 결혼을 통해 스스로를 파는 것도 밖에서 파는 것만큼이나 나빠." 앙드레가 말했다.

"꼭 결혼을 해야만 하는 건 아냐." 내가 말했다.

"나는 결혼할 거야." 앙드레가 말했다. "하지만 스물두 살이 되기 전엔 안 해."

앙드레가 갑작스럽게 라틴어 교재를 테이블 위에 올려놓았다.

"공부할까?" 앙드레가 말했다.

나는 앙드레 옆에 앉았고, 우리는 트라시메누스 호수 전투에 대해 해석하는 데 빠져들었다.

우리는 더 이상 말루 언니의 친구들에게 차를 따르지 않았다. 우리의 관심을 끄는 질문들에 답을 얻으려면 결국 우리 스스로 알아서 할 수밖에 없었다. 그해만큼 우리가 대화를 많이 한 적이 없었다. 앙드레와 공유하지 못하는 그 비밀이 있긴 했지만, 그럼에도 불구하고 우리가 이렇게까지 가깝게 지낸 적은 없었다. 우리는 함께 오데옹 극장에 가서 고전극을 보았다. 낭만주의 문학도 읽었는데, 나는 위고*에 흥분했고 앙드레는 뮈세†를 더 좋아했다. 비니‡의 경우에는 우리 둘 다 감탄했다. 우리는 미래에 대한 계획도 세우기 시작했다. 내가 대입 시험을 보고 나서 공부를 계속 하는 건 당연했고, 앙드레는 소르본 대학에서 수업을 들어도 된다는 허락을 받을 수 있기를 바라고 있었다. 학기가 끝날 무렵 어린 시절을 통틀어 가장 기쁜 일이 내게 일어났다. 갈라르 부인이 베타리에 2주 동안 놀러 오라고 느닷없이 나를 초대했고 엄마가 그래도 된다고 허락해 준 것이다.

나는 앙드레가 기차역에서 나를 기다리고 있을 거라

---

* 빅토르 위고(1802~1885). 낭만주의 시인 겸 소설가, 극작가.
† 알프레드 드 뮈세(1810~1857). 낭만주의 시인 겸 소설가.
‡ 알프레드 드 비니(1797~1863). 낭만주의 시인 겸 소설가, 극작가.

고 생각했는데, 기차에서 내리자 갈라르 부인이 보여서 깜짝 놀랐다. 갈라르 부인은 검은색과 흰색으로 이뤄진 원피스를 입고 있었고 데이지꽃으로 장식된 커다란 검은 밀짚모자를 쓰고 있었으며, 목에 흰색 비단 리본을 두르고 있었다. 갈라르 부인이 닿는 둥 마는 둥 하게 내 이마에 입술을 가져다 댔다.

"실비, 여행은 잘했니?"

"아주 잘했어요, 아주머니. 석탄 먼지를 뒤집어썼을까 봐 걱정되지만요." 내가 덧붙였다.

갈라르 부인이 곁에 있으면 나는 언제나 뭔가를 잘못한 것 같은 기분을 어렴풋이 느꼈다. 내 두 손은 더러웠다. 얼굴도 그랬을 것이다. 하지만 갈라르 부인은 신경 쓰지 않는 것처럼 보였고, 어딘가 정신이 팔려 있는 것 같았다. 그녀는 직원에게 기계적인 미소를 보내고는 적갈색 말이 매달려 있는 이륜마차 쪽으로 걸어갔다. 말뚝에 걸려 있는 고삐를 풀고 마차 안으로 민첩하게 올라갔다.

"올라오렴."

나는 그녀 옆에 앉았다. 갈라르 부인은 장갑 낀 두 손에 쥐고 있던 고삐를 느슨하게 했다.

"네가 앙드레를 만나기 전에 얘기해 두고 싶은 게 있

다."그녀가 나를 쳐다보지 않은 채 말했다.

나는 몸이 굳었다. 어떤 충고를 하려는 걸까? 내가 더 이상 신앙심이 없다는 걸 눈치챈 걸까? 하지만 그렇다면 나를 왜 초대한 걸까?

"앙드레한테 일이 좀 있단다. 네가 나를 좀 도와줘야 해."

나는 바보처럼 따라 했다.

"앙드레한테 일이 있어요?"

나는 갈라르 부인이 내게 갑자기 어른한테 하듯 말을 해서 거북한 기분을 느꼈다. 거기에는 뭔가 의심스러운 구석이 있었다. 그녀는 고삐를 당기고 혀로 딱 소리를 냈다. 말이 작은 보폭으로 걷기 시작했다.

"앙드레가 네게 남자 친구인 베르나르에 대해 얘기한 적 없니?"

"없어요."

마차는 아카시아나무가 양옆으로 늘어선, 먼지 나는 길로 접어들었다. 갈라르 부인은 말이 없더니 한참 만에 이야기를 시작했다.

"베르나르의 아버지는 우리 어머니의 소유지와 인접한 땅을 가지고 있단다. 아르헨티나에서 큰돈을 번 바스크 가문 출신이지. 대부분의 시간 동안 그는 거기에서 아내와 다른 아이들과 함께 살아. 하지만 베르나르는 몸이 약해서 그곳의 날씨를 잘 견디지 못했어. 그래서 가정교사의 교육을 받으며 나이 든 숙모랑 유년 시절을 여기에서 보냈지."

갈라르 부인이 내 쪽으로 고개를 돌렸다.

"너도 알겠지만 사고가 있고 나서 앙드레는 베타리에서 1년 동안 누워 지냈어. 베르나르가 매일 그 아이와 놀려고 집에 오곤 했단다. 앙드레는 혼자였고 아픈데다 심심했지. 그리고 그 나이 때는 그러는 게 큰 문제가 아니었어." 갈라르 부인이 변명하는 듯한 투로 말해 나는 당황했다.

"앙드레한테 그런 말을 듣지 못했어요." 내가 말했다.

목이 조여 오는 느낌이 들었다. 나는 도미니크 신부와 고해실로부터 멀리 달아났던 날처럼 마차에서 뛰어내려 어디로든 도망가고 싶었다.

"그 아이들은 여름마다 다시 만났단다. 같이 말을 탔지. 걔네들은 아직 아이들이었어. 하지만 이제는 커 버렸단다."

갈라르 부인이 나와 눈을 맞췄다. 그녀의 눈에는 간곡한 기색이 비쳤다.

"있잖니, 실비. 베르나르와 앙드레가 결혼하는 건 절

대로 있을 수 없는 일이야. 베르나르의 아버지도 우리만큼이나 그런 생각에 반대한단다. 그래서 나는 앙드레한테 베르나르를 다시는 보지 말라고 해야만 했어.”

나는 더듬으며 되는 대로 답했다.

“이해해요.”

“앙드레는 내 말을 몹시 안 좋게 받아들였어.” 갈라르 부인이 말하며 또다시 의심하는 것도 같고 애원하는 것도 같은 눈빛으로 나를 바라보았다.

“나는 너를 아주 믿고 있단다.”

“제가 뭘 할 수 있을까요?” 내가 물었다.

내 입에서 흘러나오긴 했지만 그런 말은 아무런 의미가 없었다. 나는 내 귀에 들려오는 말을 이해할 수 없었다. 머릿속은 어둠과 소음으로 가득했다.

“정신을 다른 데 팔게 해 주렴. 흥미를 끌 만한 것들에 대해서 얘기해 줘. 그리고 기회가 된다면 그 아이를 설득해 주거라. 앙드레가 병이 날까 봐 걱정이야. 나는 지금 앙드레한테 아무 말도 할 수가 없단다.” 갈라르 부인이 덧붙였다.

확실히, 그녀는 근심에 잠겨 있고 불행해 보였다. 하지만 내 마음은 조금도 움직이지 않았다. 오히려 그 순간 그녀가 미웠다. 나는 마지못해 조그맣게 대답했다.

"해 볼게요."

말은 미국 떡갈나무들이 심어진 거리를 적당한 빠르기로 걸어갔고, 외벽이 개머루로 덮인 대저택 앞에 멈춰 섰다. 나는 그 집을 앙드레의 벽난로 위에 놓인 사진 속에서 본 적이 있었다. 그리고 나는 이제 앙드레가 베타리를, 말 타고 산책하던 일을 왜 그렇게 좋아했는지 알았고, 그녀의 눈빛이 아득해졌을 때 무엇에 대해 생각하고 있었는지를 알았다.

"안녕!"

앙드레가 미소를 지으면서 현관 앞 층계를 걸어 내려왔다. 앙드레는 흰색 원피스를 입고 초록색 목걸이를 하고 있었다. 짧은 머리가 헬멧처럼 빛났다. 앙드레는 진짜 아가씨처럼 보였고, 나는 갑자기 그녀가 정말예쁘다고 생각했는데, 그건 엉뚱한 생각이었다. 우리는 미모를 그다지 중요하게 생각하지 않았으니까.

"실비가 얼굴을 씻고 싶어 하는 것 같구나. 그리고 나서 저녁을 먹으러 내려오렴."

갈라르 부인이 말했다.

나는 앙드레를 따라 캐러멜 크림과 갓 칠한 왁스, 낡은 곡식 창고 냄새가 나는 현관 앞 복도를 지나갔다. 멧비둘기가 구구 소리를 내며 울었다. 누군가가 피아노를 쳤다. 우리는 계단을 올라갔고, 앙드레가 문을 밀었다.

"엄마가 너를 내 방에서 재우기로 했어."

방에는 나선형 원주가 있는 커다란 캐노피 침대가 있었고, 반대편에는 좁은 장의자가 있었다. 한 시간 전이었다면 앙드레와 방을 나눠 쓴다는 것이 얼마나 기뻤을까! 하지만 나는 서글픈 마음으로 방 안에 들어섰다. 갈라르 부인은 나를 이용하고 있었다. 용서를 받기 위해서? 앙드레의 주의를 분산시키기 위해서? 감시하기 위해서? 도대체 갈라르 부인은 무엇을 두려워하는 것일까?

앙드레는 창가로 다가갔다.

"날이 맑으면 피레네산맥이 보여." 앙드레가 무심하게 말했다.

저녁이었고, 날씨가 맑지 않았다. 나는 여행에 대해서 열의 없이 이야기하면서 세수를 하고, 머리를 다시 손질했다. 나는 태어나서 처음 혼자 기차를 타 보는 거였고, 모험이었지만 더 이상은 그것에 대해 이야기하고 싶지 않았다.

"머리를 잘라야겠다." 앙드레가 말했다.

"엄마가 싫어해." 내가 말했다.

엄마는 짧은 머리가 좋지 않은 인상을 준다고 생각했다. 나는 따분하게 틀어 올린 머리를 목덜미 쪽에 핀으로 고정시켰다.

"내려가자. 내가 서재를 보여 줄게."

누군가 피아노를 계속 쳤고, 아이들이 노래를 불렀다. 집은 여러 소리로 가득 찼다. 달그락거리는 그릇 소리, 발걸음 소리. 나는 서재 안으로 들어갔다. 창간호부터 갖춰진 《라 레뷰 데 되 몽드》* 잡지 전집, 루이 베이요†의 저서들, 몽탈랑베르‡의 저서들, 라코르데르§의 강론집, 문 백작¶의 강연, 조제프 드 메스트르**의 모든 저서들. 조그만 원탁들 위에는 구레나룻을 한 남자들과 턱수염 난 노인들의 초상화가 있었다. 그들은 앙드레의 선조들이었는데 모두 강경 가톨릭 신자들이었다.

이미 죽었는데도 그들은 자기 집에 있는 것처럼 느껴졌다. 이 엄숙한 신사들 사이에서 앙드레는 너무 젊었

---

* 1829년에 창간된 문학, 정치, 문화 기사를 실은 월간지.

† 루이 베이요(1813~1883). 교황의 패권을 선호하는 철학을 대중화하는 데 도움을 준 저널리스트이자 작가.

‡ 샤를 몽탈랑베르(1810~1870). 자유주의 가톨릭교의 저명한 지지자.

§ 장 바티스트 라코르데르(1802~1861). 프랑스 혁명 이후 도미니코회를 재설립한 신학자이자 정치 활동가.

¶ 알베르 드 문 백작(1841~1914). 로마 가톨릭을 사회 개혁의 도구로 옹호한 기독교 사회주의 지도자.

** 조제프 드 메스트르(1754~1821). 보수주의를 옹호한 철학자이자 도덕주의자. 프랑스 대혁명에 반대, 절대왕정과 교황의 지상권을 주장했다.

고, 너무 가냘팠으며, 무엇보다 너무 살아 있었다.

　종이 울리자 우리는 식당으로 향했다. 얼마나 사람들이 많았는지! 나는 할머니를 제외한 모두를 알고 있었다. 하얀색 머리띠를 한 할머니는 전형적인 할머니의 얼굴을 하고 있었고, 그거 말고는 별생각이 들지 않았다. 나이가 가장 많은 오빠는 수단을 입고 있었는데, 신학교에 입학한 참이었다. 그는 말루 언니, 갈라르 씨와 여성들의 참정권에 대해서 쳇바퀴 도는 듯한 토론을 했다. 그랬다. 한 가정의 어머니가 술에 취한 인부보다도 권리를 갖지 못한다는 건 터무니없는 일이었다. 하지만 갈라르 씨는 노동자들 중에서는 여자들이 남자들보다 더 좌익이라며 반대했다. 결국, 만약 법이 통과되면 그 것은 교회의 적을 도울 거라는 것이었다. 앙드레는 입을 다물고 있었다. 테이블 끝에서는 쌍둥이들이 빵을 뭉쳐 만든 작은 덩어리들을 서로에게 던지고 있었다. 갈라르 부인은 아이들이 그러는 것을 미소 지으며 내버려 두었다. 처음으로, 그 미소에는 덫이 숨겨져 있다고 나는 분명히 생각했다. 나는 앙드레가 누리는 독립적인 삶을 자주 부러워했지만 갑자기 앙드레는 나보다 훨씬 더 자유롭지 않은 것처럼 보였다. 앙드레의 뒤에는 과거가 있었고, 주위에는 이 커다란 집, 대규모의 가족이 있었다. 출구가 은밀히 감시되고 있는 하나의 감옥.

"그래서? 우리에 대해서 어떻게 생각해?"

말루 언니가 상냥하지 않은 투로 물었다.

"저요? 아무 생각도 안 해요. 왜요?"

"테이블에 앉은 모두를 빙 둘러봤잖아. 뭔가를 생각한 거지."

"정말 많구나, 그렇게 생각한 게 다예요." 내가 말했다.

나는 표정 관리하는 법을 배워야겠다고 생각했다.

식탁에서 일어나면서 갈라르 부인은 앙드레에게 말했다.

"실비에게 정원을 보여 주렴."

"네." 앙드레가 말했다.

"코트를 입어라. 밤엔 추워."

앙드레는 현관 옷걸이에 걸려 있는 로덴 케이프* 두 벌을 집었다. 멧비둘기는 잠들어 있었다. 우리는 부속 건물들 쪽으로 나 있는 뒷문으로 나갔다. 곳간과 장작 창고 사이에서 늑대개가 신음하며 묶어 놓은 사슬을 잡아당기고 있었다. 앙드레가 개집 쪽으로 다가갔다.

"이리 오렴, 불쌍한 미르자, 내가 산책시켜 줄게." 그

---

* 로덴 직물로 만든 7부 길이의 망토.

녀가 말했다.

앙드레는 기뻐하며 앙드레를 향해 펄쩍 뛰어오르는 개를 풀어 주었고, 개는 우리보다 앞서 달려 나갔다.

"동물들도 영혼을 갖고 있다고 생각해?" 앙드레가 물었다.

"잘 모르겠어."

"만약 없다면, 그건 너무 불공평한 일이야. 동물들도 사람들만큼이나 불행한 걸. 그런데 왜 그런지 이해하질 못하지." 앙드레가 대답했다. "이해하지 못하는 건 더 나빠."

나는 대답하지 않았다. 이 밤을 내가 얼마나 기다렸는지! 마침내 앙드레 인생의 한가운데에 들어가는 것이라고 생각했었다. 하지만 앙드레가 내게서 이렇게나 멀게 느껴진 적은 지금껏 없었다. 그녀의 비밀에 이름이 생긴 이후부터 앙드레는 더 이상 예전의 그 앙드레가 아니었다. 우리는 접시꽃과 수레국화가 피어난 잘 관리되지 않은 오솔길을 말없이 걸었다. 정원에는 아름다운 나무와 꽃이 가득했다.

"여기에 앉자." 앙드레가 푸른 서양삼나무 아래 벤치를 가리키며 말했다. 앙드레는 가방에서 골로와즈 담배를 꺼냈다.

"한 대 줄까?"

"아니야." 내가 말했다. "언제부터 피웠니?"

"엄마는 못 피우게 해. 하지만 반항하기 시작하면……."

그녀는 담배에 불을 붙이고 연기를 눈 쪽으로 뿜었다. 나는 용기를 그러모았다.

"앙드레, 무슨 일이야. 얘기해 줘."

"엄마가 너한테 말했겠지." 앙드레가 말했다. "엄마가 너를 역으로 맞이하러 가고 싶어 했거든……."

"어머니가 내게 네 친구 베르나르에 대해 얘기하셨어. 나한텐 아무것도 말하지 않았잖아."

"베르나르에 대해서 말할 수는 없었어." 앙드레가 말했다. 그녀의 왼손이 경련을 일으키듯 펼쳐졌다 오므라들었다.

"이제는 모두가 아는 얘기가 됐지."

"얘기하기 싫으면 하지 말자." 내가 황급히 말했다.

앙드레가 나를 바라보았다.

"너는 달라. 너한테는 얘기하고 싶어."

앙드레가 부지런히 연기를 조금씩 들이마셨다.

"엄마가 너한테 뭐라고 얘기했어?"

"어떻게 베르나르와 네가 친구가 되었는지 그리고 어머니가 베르나르를 다시 보지 못하게 막으셨다는 거."

"엄마가 막았지." 앙드레가 말했다. 앙드레는 담배를 던졌고 구둣발로 짓이겼다.

"여기에 도착했던 날 밤에, 저녁 식사를 하고 베르나르와 산책을 했어. 늦은 시간에 집에 들어왔지. 엄마가 기다리고 있더라고. 나는 엄마 표정이 이상하다는 걸 바로 알아봤어. 엄마가 나한테 아주 많은 것들을 물어보더라." 앙드레가 어깨를 으쓱하더니, 화난 목소리로 말했다.

"엄마는 우리가 입을 맞췄냐고 물었어! 당연히 입을 맞췄지! 우리는 서로 사랑하는 걸."

나는 고개를 떨궜다. 앙드레는 불행했고, 그런 생각을 하자 견딜 수가 없었다. 하지만 그녀의 불행은 여전히 내게 낯설었다. 입을 맞추게 되는 사랑은 내게 실감이 나지 않았다.

"엄마는 나한테 끔찍한 말들을 했어." 앙드레는 말하며 로덴 케이프를 여몄다.

"왜?"

"베르나르 부모님이 우리보다 훨씬 부자이긴 하지만 우리 계층 사람은 아니거든. 전혀 아니야. 베르나르의 부모님은 거기, 리오에서 이상한 방식으로 산다는 것 같아. 아주 방탕하게." 앙드레가 청교도적인 분위기를 자아내며 말했다. 그리고 속삭이듯 덧붙였다. "그리고 베르나르의 어머니는 유대인이야."

나는 잔디밭 한가운데 움직이지 않은 채 귀를 별들 쪽으로 쫑긋 세우고 있는 미르자를 바라보았다. 미르자 만큼이나, 나는 내가 느끼고 있는 것을 말로 표현할 수 없었다.

"그래서?" 내가 물었다.

"엄마가 베르나르의 아버지와 얘기를 나눴나 봐. 그 아버지도 완전히 동의하셨대. 내가 좋은 신붓감이 아니라고. 베르나르의 아버지는 베르나르를 휴가차 비아리츠*에 데려가기로 했어. 그다음에는 아르헨티나로 갈 거야. 베르나르는 이제 꽤 건강해졌거든."

"벌써 떠났어?"

"응. 엄마가 작별 인사를 하지 못하게 했어. 하지만 나는 말을 듣지 않았어. 넌 모를 거야." 앙드레가 말했다. "사랑하는 사람을 고통스럽게 하는 것보다 더 끔찍한 일은 없어."

앙드레의 목소리가 떨렸다.

"베르나르가 울었어. 얼마나 울었는지 몰라!"

---

* 프랑스 남서부의 휴양 도시.

"몇 살이야?" 내가 물었다. "어떤 사람이니?"

"열다섯 살이야, 나처럼. 그렇지만 베르나르는 인생에 대해선 아무것도 몰라." 앙드레가 말했다. "그 애한테 관심을 가져 준 사람은 아무도 없어. 베르나르한테는 나밖에 없어." 앙드레가 가방 속을 뒤졌다.

"나한테 베르나르 사진이 한 장 있어."

나는 내가 알지 못하는 소년을 바라보았다. 앙드레를 사랑했고, 앙드레의 입맞춤을 받았으며 그렇게나 많이 울었다는 소년을. 그는 밝은색의 커다란 눈을 가졌고, 눈꺼풀이 두툼했으며 로마 황제 카라칼라 스타일로 자른 짙은 머리카락을 지니고 있었다. 타르시치오 순교자를 닮은 소년이었다.

"뺨과 눈이 진짜 어린 소년 같아." 앙드레가 말했다. "하지만 봐 봐, 입이 얼마나 슬픈지. 이 세상에 존재하는 걸 미안해하는 것처럼 보인다니까."

앙드레는 벤치 등받이에 머리를 기댄 채 하늘을 바라보았다.

"가끔, 나는 차라리 베르나르가 죽는 게 더 나을 것 같다고 생각해. 그러면 고통받는 사람은 나 혼자일 거잖아."

또다시 앙드레의 손이 경련을 일으켰다.

"베르나르가 지금 울고 있을지도 모른다고 생각하면 견딜 수가 없어."

"다시 만날 수 있을 거야!" 내가 말했다. "서로 사랑하니까, 다시 만날 거야! 언젠가 어른이 되었을 때."

"6년이나 후잖아. 너무 길어. 우리 나이대 그건 너무 길어. 아냐." 앙드레가 절망스럽게 말했다. "베르나르를 절대로 다시는 못 볼 거라는 걸 나는 알고 있어."

절대로! 처음으로 그 단어가 온 무게를 다해 내 심장 위로 떨어져 내렸다. 나는 끝없이 펼쳐진 하늘 아래서 그 단어를 속으로 다시 말해 보았고, 소리를 지르고픈 충동을 느꼈다.

"베르나르에게 작별 인사를 건네고 집에 돌아와서 지붕 위로 올라갔어. 뛰어내리려고." 앙드레가 말했다.

"자살을 하고 싶었던 거야?"

"두 시간 동안 거기 있었어. 두 시간이나 망설였지. 지옥에 떨어지는 건 상관없다고 생각했어. 하느님이 좋은 분이 아니라면 나는 천국에 가는 데 집착하지 않거든."

앙드레가 어깨를 으쓱했다.

"그렇지만 겁이 나기는 했어. 아! 죽는 게 무서웠던

건 아니야, 반대로 나는 정말 죽고 싶었어. 하지만 지옥
은 무서웠어. 만약 지옥에 가게 된다면 영원히 끝이잖
아. 베르나르를 다시는 볼 수 없어."

"베르나르와 이 세계에서 다시 보게 될 거야!" 내가
말했다.

앙드레가 고개를 저었다.

"끝났어."

앙드레가 갑자기 일어났다.

"집에 들어가자. 추워."

우리는 말없이 잔디밭을 가로질렀다. 앙드레가 미르
자를 다시 사슬로 묶었고, 우리는 우리의 방으로 올라
갔다. 나는 캐노피 아래, 앙드레는 장의자 겸 침대에 누
웠다. 앙드레가 램프를 껐다.

"엄마한테 베르나르를 다시 봤다고 말하지 않았어.
엄마가 내게 할 얘기를 듣고 싶지 않아."

나는 망설였다. 갈라르 부인을 좋아하지 않았지만 앙
드레에게 진실을 말해야만 했다.

"어머니가 네 걱정을 많이 하고 계셔." 내가 말했다.

"응, 걱정하겠지." 앙드레가 말했다.

그 이후 며칠간 앙드레는 베르나르에 대해 언급하지

않았고, 내가 먼저 말할 엄두도 나지 않았다. 아침이면 앙드레는 오랫동안 바이올린을 켰는데, 거의 언제나 슬픈 곡들을 연주했다. 그런 다음 우리는 해가 떠 있는 밖으로 나갔다. 이 고장은 내가 지내던 곳보다 건조했다. 먼지가 날리는 길을 따라 걸으며 나는 무화과나무의 떫은 냄새를 알게 됐다. 숲에서 나는 잣을 맛보았고, 소나무 줄기에 굳어 있는 송진을 빨아먹었다. 산책에서 돌아오는 길이면 앙드레는 마구간에 들어가 자기 말인 알레장을 쓰다듬었지만 더 이상 타지는 않았다.

오후는 그보다 덜 평화로웠다. 갈라르 부인은 말루 언니를 결혼시키려고 했고 잘 모르는 사이나 다름없는 청년들이 집에 들락거리는 것을 감추기 위해 주위에 사는 '품위 있는' 젊은이들에게 집을 활짝 개방했다. 집에 놀러 온 사람들은 크로케*를 했고, 테니스를 쳤고, 잔디밭에서 춤을 추거나 케이크를 먹으면서 비나 화창한 날씨에 대해 이야기를 나눴다. 말루 언니가 산둥 비단 소재의 베이지색 원피스 차림에 갓 감은 머리를 작은 헤어 아이론으로 곱슬거리게 만 채 방에서 내려온 날, 앙드레가 나를 팔꿈치로 찔렀다.

---

* 나무공을 망치로 쳐서 골문에 넣는 놀이.

"맞선용 의상을 입었네."

말루 언니는 테니스를 치지도, 춤을 추거나 말을 하지도 않는 못생긴 생시르 육군사관생도 곁에서 오후를 보냈다. 이따금 그는 우리의 공을 주워 주긴 했다. 그가 떠난 후 갈라르 부인이 맏딸을 서재로 끌고 들어갔는데, 창문이 열려 있어서 우리는 말루 언니의 목소리를 들을 수 있었다. "아니에요, 엄마. 그 남자는 싫어요. 너무 지루해요!"

"불쌍한 말루 언니!" 앙드레가 말했다. "소개받는 남자마다 어쩌나 바보 같고 못생겼는지!"

앙드레는 그네 위에 앉았다. 곳간 옆에는 야외 체조장 같은 곳이 있었다. 앙드레는 종종 그네를 타거나 철봉을 했는데, 아주 잘했다. 앙드레가 줄을 잡았다.

"나 좀 밀어 줘."

앙드레를 밀었다. 속도가 붙자, 앙드레는 일어나서 거침없이 다리를 굴렀고, 곧 그네가 나무 꼭대기를 향해 날아올랐다.

"그렇게 높게는 타지 마!" 내가 소리를 질렀다.

앙드레는 대답하지 않았다. 날아오르고 떨어졌다가 더 높이 날아올랐다. 개집 옆에서 장작 창고에 떨어진 톱밥을 가지고 놀던 쌍둥이들이 관심을 보이며 고개를 들었다. 멀리서 테니스 채가 공을 때리는 희미한 소리가 들려왔다. 앙드레는 단풍나무의 잎을 스쳤고, 나는 겁이 나기 시작했다. 쇠로 된 고리가 신음하는 소리가 들렸다.

"앙드레!"

온 집이 고요했다. 채광 환기창을 타고 부엌에서 희미하게 웅성거리는 소리가 들려왔다. 벽을 수놓은 참제비고깔과 루나리아가 아주 살짝 흔들렸다. 나는 두려웠다. 그네의 널빤지를 붙잡거나 큰 소리로 애원할 엄두가 나지는 않았다. 하지만 그네가 뒤집어지거나, 아니면 앙드레가 어지러워서 밧줄을 놓칠지도 모른다는 생각이 들었다. 하늘 이편에서 저편으로 미쳐 버린 시계추처럼 흔들리는 앙드레를 보는 것만으로 구토증이 일었다. 앙드레는 왜 이렇게 오랫동안 그네를 탈까? 흰 원피스 차림으로 똑바로 선 채 내 곁을 지나갈 때 앙드레는 앞을 뚫어지게 보며 입술을 꽉 다물고 있었다. 어쩌면 머릿속 어딘가가 잘못돼 더 이상 멈추지 못하는 걸지도 몰랐다. 저녁 식사 시간을 알리는 종이 울리고 미르자가 짖기 시작했다. 앙드레는 계속 나무 쪽으로 날아올랐다. '앙드레는 죽으려는 거야.' 나는 생각했다.

"앙드레!"

다른 누군가가 소리를 질렀다. 화가 나 낯빛이 어두워진 갈라르 부인이 다가왔다.

"당장 내려와라! 명령이야. 내려와!"

앙드레가 눈을 몇 번 깜박이더니 바닥으로 내리깔았다. 앙드레는 몸을 웅크린 뒤 앉았고, 두 발로 그네를 멈추었는데, 그 동작이 너무 급격한 바람에 잔디 위로 쓰러져 버렸다.

"다치지 않았어?"

"안 다쳤어."

앙드레는 웃기 시작했고, 웃음은 딸꾹질로 끝났다. 앙드레는 눈을 감은 채 바닥에 누워 있었다.

"아픈 게 당연하지! 그네를 30분이나 타다니! 너 몇 살이니?" 갈라르 부인이 엄격한 목소리로 말했다.

앙드레가 눈을 떴다.

"하늘이 빙빙 돌아."

"내일 간식으로 먹을 케이크를 준비하기로 했잖아."

"저녁 먹고 할게요." 앙드레가 몸을 일으키면서 말했다. 앙드레가 내 어깨에 손을 짚었다.

"비틀거리겠어."

갈라르 부인은 쌍둥이들의 손을 잡고 집으로 되돌아갔다. 앙드레는 나무 꼭대기 쪽을 향해 머리를 들어 올렸다.

"저 위에 있으면 좋은데." 앙드레가 말했다.

"너 때문에 무서웠어." 내가 말했다.

"아, 그네는 튼튼해. 사고가 난 적은 한 번도 없어." 앙드레가 말했다.

아니, 앙드레는 자살할 생각을 한 게 아니었다. 그건 이미 끝난 일이었다. 하지만 나는 앙드레의 뚫어지게 바라보던 시선과 앙다문 입술을 기억했고, 겁이 났다.

저녁 식사 후, 부엌이 텅 비었을 때 앙드레는 부엌으로 내려갔고 나는 앙드레를 따라갔다. 부엌은 지하의 절반을 차지하는 넓은 공간이었다. 낮이면 채광 환기 창 밖으로 다리, 뿔닭, 개, 사람들의 발이 지나가는 것이 보였다. 하지만 이 시간, 밖에서 움직이는 건 아무것도 없었고 오직 사슬에 묶여 있는 미르자만이 희미하게 낑낑댔다. 주철 화덕의 불이 그릉그릉 소리를 냈다. 그 외 다른 소리는 들리지 않았다. 앙드레가 달걀을 깨트리고, 설탕과 베이킹파우더를 계량하는 동안 나는 벽을 살피고, 식기 선반을 열어 보았다. 구리로 된 조리도 구들이 번쩍이고 있었다. 소스팬 세트, 가마솥, 거품 뜨는 국자, 양푼, 과거에 앙드레의 수염 난 조상들의 침대를 데웠을 보온 기구. 나는 찬장 안에 있는 알록달록한

색깔의 법랑 접시 세트를 감탄하며 바라보았다. 주철, 도기, 사기, 자기, 알루미늄, 주석으로 만든 수많은 찜솥, 프라이팬, 스튜 냄비, 캐서롤 냄비, 오븐 용기, 사발, 수프 그릇, 접시, 금속 잔, 여과기, 고기 칼, 맷돌, 틀, 절구! 이렇게나 다양한 그릇과 찻잔, 유리컵, 가늘고 긴 술잔과 둥근 술잔, 접시, 컵 받침, 소스 그릇, 단지, 항아리, 작은 술 단지, 물병이라니! 이 모든 숟가락과 국자, 포크, 칼에 정말 각각 고유한 용도가 있는 걸까? 사람들이 충족해야 하는 욕구가 이렇게나 다양한가? 이 은밀한 세계는 크고 세련된 파티를 통해 지상에 드러나야 했지만, 내가 알기로 그런 파티는 어디에서도 열린 적이 없었다.

"이걸 전부 다 써?" 내가 앙드레에게 물었다.

"대부분. 우리 집엔 전통이 아주 많아." 앙드레가 말했다.

앙드레는 오븐 속에 색이 연한 케이크 반죽을 집어넣었다.

"넌 아직 아무것도 못 본 거야." 앙드레가 말했다. "지하 와인 창고를 구경시켜 줄게."

먼저 우리는 유제품 저장고를 지났다. 유약을 바른 단지와 큰 그릇, 윤을 낸 목재 버터 교유기(攪乳器), 흰

모슬린 천이 덮여 있는 매끈한 크림치즈. 저장고의 위생적이고 헐벗은 흰색과 젖먹이 냄새가 나를 도망가고 싶게 만들었다. 먼지 덮인 병들과 술로 가득한 작은 나무통들이 쌓여 있는 와인 저장고는 좀 나았지만 넘쳐나는 햄과, 소시지, 양파와 감자 더미 앞에서는 압도된 기분을 느꼈다.

이래서 앙드레가 나무 꼭대기까지 날아가야 하는 거구나. 나는 앙드레를 바라보며 생각했다.

"브랜디에 절인 체리 좋아해?"

"한 번도 안 먹어 봤어."

선반 위에는 수백 개의 잼병이 있었다. 각 병에는 과일의 이름과 날짜가 적힌 양피지가 붙어 있었는데, 시럽과 술에 절여진 과일 병들도 있었다. 앙드레는 체리가 담긴 병 하나를 챙겨서 부엌으로 가지고 갔고, 테이블 위에 병을 올려놓더니 나무 국자로 컵 두 개를 채운 후 같은 국자로 핑크색 액체를 맛보았다.

"할머니는 손이 커. 금세 취하게 돼."

나는 색이 빠지고, 약간 생기를 잃어 쭈글쭈글해진 꼭지를 집었다. 체리 맛은 더 이상 나지 않았지만 술이 주는 열기가 마음에 들었다.

"취해 본 적이 있니?" 내가 물었다.

앙드레의 얼굴이 환해졌다.

"한 번, 베르나르랑 같이 있을 때. 우리는 샤르트뢰즈 한 병을 같이 비웠어. 처음엔 재미있었어. 그네에서 내릴 때보다 훨씬 더 머리가 빙빙 돌았지. 그다음엔 토할 것 같았어"

가스 불이 웅웅거리며 소리를 냈다. 빵이 구워지는 부드러운 냄새가 나기 시작했다. 앙드레가 베르나르라는 이름을 언급했기 때문에 나는 물어볼 용기를 냈다.

"너희들이 친구가 된 건 사고가 난 이후야? 베르나르가 너를 보러 자주 왔어?"

"응. 우리는 체커 게임이나 도미노, 크라펫 게임* 같은 것을 함께했어. 그 무렵 베르나르는 성질을 부릴 때가 있었는데, 한번은 속임수를 썼다고 비난하니까 나를 발로 찼어. 바로 내 오른쪽 허벅지를. 일부러 그런 건 아니었지만. 나는 너무 아파서 기절했어. 정신을 차려 보니 베르나르가 도와 달라고 불러온 사람들이 내 붕대를 다시 감아 주고 있더라. 베르나르는 내 침대맡에서 흐느껴 울고 있었어."

앙드레가 먼 곳을 바라보았다.

* 카드 게임의 일종.

"나는 남자아이가 우는 걸 본 적이 없었어. 오빠도, 남자 사촌들도 다 거친 편이거든. 우리만 남겨졌을 때, 우리는 입을 맞췄어……."

앙드레는 우리의 잔을 다시 채웠다. 향기가 짙어졌고, 케이크가 오븐 안에서 금빛으로 구워지고 있다는 걸 알 수 있었다. 미르자는 더 이상 낑낑대지 않았다. 아마 자는 것 같았다. 모두들 자고 있었다.

"베르나르는 나를 사랑하게 됐어." 앙드레가 말했다.

앙드레가 나를 향해 고개를 돌렸다.

"잘 설명할 수가 없는데, 베르나르가 나를 사랑하게 됐다는 사실이 내 인생에 큰 변화를 가져왔어! 나는 나를 사랑해 줄 사람은 없을 거라고 항상 생각했거든."

나는 깜짝 놀랐다.

"그렇게 생각했어?"

"응."

"왜?" 내가 화가 나서 물었다.

앙드레가 어깨를 으쓱했다.

"난 내가 너무 못생기고, 서툴고, 재미없다고 생각했어. 아무도 나한테 관심을 갖지 않은 게 사실이기도 하고."

"너희 엄마는?" 내가 말했다.

"아! 엄마는 자기 아이들을 사랑해야 하잖아. 그러니까 그건 예외지. 엄마는 모두를 사랑하지만 우리는 너무 많아!"

앙드레는 넌더리가 난다는 듯한 목소리로 말했다. 다른 형제자매들을 질투하고 있었던 걸까? 내가 느끼던 갈라르 부인의 차가움 때문에 괴로웠던 걸까? 나는 앙드레가 엄마에 대해 품고 있던 사랑이 앙드레를 불행하게 만들 수 있다고 생각해 본 적이 한 번도 없었다. 앙드레는 광택 있는 나무 테이블을 두 손으로 눌렀다.

"나라서, 있는 그대로의 나를, 나이기 때문에 사랑해 준 사람은 이 세상에 베르나르뿐이야." 앙드레가 열정적으로 말했다.

"나는?" 내가 말했다.

말은 나도 모르게 입 밖으로 새어 나왔다. 앙드레의 말이 너무 부당해 화가 났던 것이다. 앙드레가 놀란 눈을 내 얼굴을 뚫어지게 응시했다.

"너?"

"나는 너를 있는 그대로 좋아하지 않았어?"

"물론 그랬지." 앙드레가 불확실한 목소리로 답했다.

술과 분노의 열기가 나를 대담하게 만들었다. 나는 책에서만 사람들이 주고받는 말을 앙드레에게 하고 싶었다.

"넌 몰랐겠지만 처음 만난 순간부터 나한테는 네가 전부였어." 내가 말했다. "만일 네가 죽으면 나도 따라 죽겠다고 결심했었어."

나는 과거형으로 말했고, 무심한 톤으로 가장하려고 애썼다. 앙드레는 계속해서 당혹스러운 기색으로 나를 쳐다보았다.

"나는 너한테 진짜 중요한 건 책이랑 공부밖에 없다고 생각했어."

"네가 제일 우선이었어." 내가 말했다. "너를 잃지 않기 위해서라면 나는 모든 걸 포기했을 거야."

앙드레는 말이 없었고, 내가 물었다.

"전혀 몰랐어?"

"네가 내 생일에 그 가방을 주었을 때, 네가 나를 정말 좋아하는구나 하고 생각했어."

"그 이상이었어!" 내가 슬프게 말했다.

앙드레는 감동받은 듯했다. 왜 나는 앙드레가 내 사랑을 느끼게끔 할 줄을 몰랐을까? 너무 근사해 보여서 나는 앙드레가 행복하다고 믿었었다. 나는 앙드레 때문에, 나 자신 때문에 마음이 아팠다.

"신기하네. 그렇게 오랜 시간 동안 우리는 둘도 없는

사이로 지냈는데, 내가 너를 이렇게 몰랐다니! 난 사람들에 대해서 너무 빨리 판단해 버려." 앙드레가 후회하며 말했다.

나는 앙드레가 스스로를 탓하길 바라지 않았다.

"나도 널 잘 몰랐는걸." 내가 재빨리 말했다. "나는 네가 있는 모습 그대로를 자랑스러워하는 줄 알았어. 그런 네가 부러웠어."

"나는 자랑스럽지 않아."

앙드레는 일어나서 화덕 쪽으로 걸어갔다.

"케이크가 잘 익었어." 앙드레가 오븐을 열며 말했다. 불을 껐고, 케이크를 음식 찬장에 넣었다. 우리는 방으로 올라갔다. 그리고 옷을 갈아입을 때 앙드레가 물었다.

"내일 아침에 영성체 할 거야?"

"아니." 내가 말했다.

"그럼 대미사에 가자. 나도 영성체 안 할 거야. 죄를 지은 상태니까." 앙드레가 무심히 말했다. "나는 엄마한테 엄마의 말을 따르지 않았다고 아직도 얘기하지 않았어. 그리고 더 나쁜 건 그랬다는 걸 내가 뉘우치지도 않는다는 거야."

나는 캐노피 기둥 사이의 이불 속으로 미끄러져 들어

갔다.

"베르나르를 보지 않고 떠나보낼 수는 없었잖아."

"그럴 수 없었어!" 앙드레가 말했다. "베르나르는 내가 상관 안 하다고 생각했을 거야. 더 절망했겠지. 그럴 수는 없었어." 앙드레가 되풀이해서 말했다.

"그러니까 어머니 말씀을 안 따른 건 잘한 거야." 내가 말했다.

"아!" 앙드레가 말했다. "가끔은 뭘 하든 다 잘못일 때가 있어."

앙드레는 누웠지만 침대 협탁 위 푸른 불빛의 전등은 켠 채로 두었다.

"이해할 수 없는 게 하나 있는데 말야." 앙드레가 말했다. "왜 하느님은 원하시는 걸 우리에게 확실하게 말하지 않으실까?"

나는 대답하지 않았다. 앙드레가 침대에서 몸을 뒤척이다 베개를 정리했다.

"너한테 묻고 싶은 게 있어."

"물어봐."

"넌 하느님을 여전히 믿어?"

나는 망설이지 않았다. 그날 밤에는 진실이 나를 두렵게 하지 않았다.

"더 이상 믿지 않아. 믿지 않은 지 1년이 되었어."

"그런 것 같았어." 앙드레가 말했다.

앙드레가 베개 위에 몸을 세우고 앉았다.

"실비! 이 세계만 존재한다는 건 불가능해!"

"나는 더 이상 믿지 않아." 내가 되풀이해 말했다.

"가끔 힘들긴 해." 앙드레가 말했다. "왜 하느님은 우리가 불행하길 바라시는 걸까? 오빠는 악의 문제라고, 성당의 신부님들이 오래전 그 문제를 해결했다고 내게 대답해 줬어. 오빠는 신학교에서 배운 걸 나한테 그대로 말하지만, 나는 그 대답으론 만족이 안 돼."

"아냐. 만약 하느님이 존재한다면, 악의 존재는 설명이 되지 않아." 내가 말했다.

"하지만 어쩌면 이해할 수 없다는 걸 받아들여야 하는지도 모르겠어. 모든 것을 이해하려는 건 교만이야."

앙드레가 전등을 끄고 속삭이며 덧붙였다.

"사후 세계는 틀림없이 있어. 있어야만 해!"

무슨 일이 있을 거라고 기대했는지 잘 모르겠지만 깨고 나서 나는 실망했다. 앙드레는 그 전과 똑같았고, 나도 그랬으며, 우리는 늘 그랬듯 인사를 주고받았다. 그 후 며칠간 내 실망은 계속됐다. 물론, 우리는 그 이상 가까워지는 건 불가능할 정도로 이미 가까운 사이였다.

6년 동안 친구 사이로 지냈는데, 몇 마디의 말이 큰 의미를 지니지는 않았다. 하지만 부엌에서 보낸 시간을 떠올릴 때면 사실은 아무 일도 일어나지 않았던 거라는 생각이 들어 슬퍼졌다.

어느 날 아침, 우리는 무화과나무 아래 앉아 무화과를 먹고 있었다. 파리에서 파는 보랏빛 커다란 무화과는 채소처럼 맹맹한 맛이었지만 나는 알갱이 있는 과육으로 가득 찬 연한 빛깔의 자그마한 열매를 좋아했다.

"어젯밤에 엄마한테 얘기했어." 앙드레가 말했다.

가슴이 죄어 오는 게 느껴졌다. 앙드레는 어머니와 멀리 있을 때 나와 더 가까워 보였다.

"엄마가 일요일에 영성체를 했냐고 물었어. 지난 일요일에 내가 영성체 하지 않은 게 엄마를 무척 괴롭게 했대."

"왜 그랬는지 이유를 짐작하셨어?"

"그런 건 아냐. 그렇지만 엄마한테 말했어."

"아! 네가 말했어?"

앙드레가 무화과나무에 뺨을 가져다 댔다.

"불쌍한 엄마! 엄마는 요즘 걱정이 많아. 말루 언니 때문에 그리고 나 때문에!"

"야단치셨니?"

"엄마는 나를 용서한다고, 나머지는 나와 고해 신부 사이의 일이라고 말했어." 앙드레가 심각한 표정으로 나를 보았다.

"엄마를 이해해야 해." 앙드레가 말했다. "엄마는 내 영혼을 책임지고 있잖아. 엄마도 하느님이 엄마에게서 뭘 원하시는지 언제나 알 수가 없지. 누구에게도 쉬운 일이 아니야."

"그래, 쉽지 않지." 내가 막연히 말했다.

나는 화가 나 있었다. 앙드레를 괴롭힌 건 갈라르 부인인데, 갈라르 부인이 피해자가 되어 있다니!

"엄마가 말하는 방식 때문에 혼란스러웠어." 앙드레가 흥분한 목소리로 말했다. "있잖아, 엄마도 젊었을 때 힘든 순간들을 겪었대."

앙드레는 주위를 둘러보았다. "바로 여기, 내가 걷고 있는 이 길 위에서 어려운 시간을 겪은 거지."

"너희 할머니가 아주 권위주의적이셨니?"

"응."

앙드레는 한순간 생각에 잠겼다.

"엄마는 은총이 있다고, 하느님은 우리에게 주는 시련의 무게를 가늠하신다고, 엄마를 도와주셨던 것처럼 베르나르와 나를 도와주실 거라고 말했어."

앙드레는 내 눈을 들여다보았다.

"실비, 하느님을 믿지 않는다면 너는 사는 걸 어떻게 견뎌?"

"나는 사는 게 좋아." 내가 말했다.

"나도 그래. 하지만 그러니까 하는 말이야. 만약 사랑하는 사람들이 언젠가 완전히 죽을 거라고 생각한다면, 나는 곧바로 자살하고 말 거야."

"나는 자살하고 싶지 않아." 내가 말했다.

우리는 무화과나무 그늘을 떠나 말없이 집으로 돌아왔다. 다음 일요일 앙드레는 영성체를 했다.

2장

우리는 대입 시험을 보았다. 긴 대화 끝에 갈라르 부
인은 앙드레가 소르본 대학에서 3년 동안 공부하는 것
을 허락했다. 앙드레는 문학을, 나는 철학을 선택했다.
우리는 종종 도서관에서 나란히 앉아 공부를 했지만 강
의를 들을 때는 나 혼자였다. 대학생들의 말투나 태도,
주고받는 말의 내용이 나를 겁나게 했다. 나는 여전히
기독교적 윤리를 존중하고 있었고, 내게 다른 학생들은
선을 너무 넘은 것처럼 보였다. 성실한 가톨릭 신자라
는 평판을 지닌 파스칼 블롱델과 친해진 건 우연이 아
니었다. 그의 총명함만큼이나, 천사처럼 잘생긴 얼굴과
그가 받은 완벽한 가정 교육이 마음에 들었다. 그는 모

든 동급생들에게 웃어 주었지만 모두와 거리를 두고 있었고 특히 여자 대학생들을 경계하는 것 같았다. 하지만 그의 신중함도 철학을 향한 나의 열정을 이기지는 못했다. 우리는 지적인 대화들을 오랫동안 나눴고, 결국에는 신의 존재를 제외한 거의 모든 문제에 대해 의견을 일치했다. 우리는 한 팀이 되기로 했다. 파스칼이 공공장소나 도서관, 식당을 싫어했기 때문에 공부를 하기 위해서 내가 그의 집으로 갔다. 아버지, 누나와 함께 사는 그의 아파트는 우리 부모님의 집과 닮아 있었는데, 평범한 그의 방에 나는 실망했다. 아델라이드 학교를 졸업한 이후, 젊은 남자들은 내 눈에 꽤 신비로운 공동체를 이루고 있는 것처럼 보였고 나는 그들이 인생의 비밀을 아는 데 있어서 나보다 훨씬 더 앞서 있다고 생각했다. 그런데 파스칼의 가구들, 책들, 상아로 만든 십자가, 그레코의 복제화, 이런 것 중 그 무엇도 그가 나나 앙드레와 다른 종의 사람이라고 느껴지게 하지 않았다. 그는 아주 오래전부터 밤에 혼자 외출하거나 읽고 싶은 걸 자유롭게 읽을 수 있는 권리를 지녔지만, 그의 시야도 나만큼 제한되어 있다는 걸 나는 곧 알아챘다. 그는 아버지가 교사로 있었던 가톨릭 학교에서 교육을 받았고, 그가 좋아하는 건 공부와 가족뿐이었다.

나는 그 무렵 집을 떠나는 것 외에는 다른 생각을 하지 않았기 때문에 그가 자기 집에 있는 걸 그토록 편하게 생각한다는 사실이 놀라웠다. 그는 머리를 저었다. "지금보다 더 행복할 수는 없을 거야." 그는 나이 든 사람들이 향수에 젖어 과거를 아쉬워하는 듯한 톤으로 말했다. 그는 아버지가 훌륭한 사람이라고 내게 말했는데, 그의 아버지는 힘든 젊은 시절을 보낸 후 늦은 나이에 결혼해서 50세의 나이에 열 살짜리 여자아이와 태어난 지 몇 개월밖에 되지 않은 어린아이를 키워야 하는 홀아비가 되었다. 아버지는 자식들을 위해 전적으로 희생했다. 누나의 경우, 파스칼은 누나를 성녀처럼 생각했다. 누나는 약혼자를 전쟁 중에 잃었고, 그 후 다시는 결혼을 하지 않겠다고 결심했다. 밤색 머리카락을 뒤로 잡아당겨 하나로 묵직하게 묶어, 인상을 세게 만드는 넓은 이마가 드러났다. 그녀의 피부는 하얗고, 눈에는 영혼이 가득 깃들었으며, 미소는 딱딱하지만 눈부셨다. 그녀는 언제나 똑같이 생긴 원피스를 입었다. 우아하게 절제된 스타일의 어두운색 원피스에 커다란 흰색 옷깃이 달려 밝아 보였다. 그녀는 남동생을 사제직으로 이끌려 노력했고 교육하는 데 열성을 다했다. 나는 파스칼의 누나가 일기를 쓰면서, 스스로를 외제니 드 게렝*과 다름없다고 생각할 거라 상상했다. 조금 붉은 기가 도는 두툼한 손으로 가족의 양말을 기우면서, 그녀는 베를렌의 시구를 읊을 것이었다. "지루하고 쉬운 일을 하는 겸손한 삶은". 나는 착실한 학생이자, 좋은 아들이며, 훌륭한 신앙인인 파스칼이 조금 지나치게 신중하다고 생각했다. 가끔씩 그는 내게 환속한 신학생처럼 보였으니까. 그가 내게서 거슬려 하는 점은 한 가지가 아니었다. 하지만 시간이 흘러 내게 더 흥미로운 다른 친구들이 생긴 후에도 우리의 우정은 잘 유지됐다. 말루 언니의 약혼식을 갈라르 씨 댁에서 축하하던 날, 내가 파트너로 데려간 사람이 바로 파스칼이었다.

그즈음 「카르멘」과 「마농」, 「라크메」를 외우다시피하게 되었던 말루 언니는 나폴레옹의 무덤가를 맴돌고, 바가텔 공원의 장미 향을 맡고, 랑드 지방의 숲에서 러시아식 샐러드를 먹은 덕택에 마침내 신랑감을 찾았다. 언니가 카트린 성녀보다 더 나이를 먹고 나서부터 그녀의 어머니는 매일 되풀이해서 말했다. "수녀원에 들어가거나 결혼을 해라. 독신으로 사는 건 소명이 아니

---

* 외제니 드 게렝(1805~1848). 프랑스 시인이자 일기 작가. 남자 형제인 작가 모리스 드 게렝을 종교 생활로 이끌려고 했다.

야." 어느 날 밤, 오페라 극장에 가려던 순간 갈라르 부인은 선언했다. "이번엔 기회를 잡든가 아니면 영영 놓치든가야. 다음 기회는 앙드레 차례가 될 테니까." 그래서 말루 언니는 두 딸로 인해 괴로워하는 마흔 살 홀아비와 결혼하기로 결심했다. 이를 축하하기 위해 한낮의 무도회가 열렸다. 앙드레는 내가 꼭 참석해야 한다고 했다. 나는 수녀원에 들어간 사촌이 준 회색 실크 저지 원피스를 입었고, 파스칼과는 갈라르 씨 댁 앞에서 만나기로 했다.

갈라르 씨는 지난 5년간 크게 승진했고, 그의 가족은 이제 마르뵈프 거리의 호화로운 아파트에서 살고 있었다. 내가 그곳을 방문하는 일은 거의 없었다. 갈라르 부인은 마지못해 내게 인사를 했다. 오래전부터 그녀는 내게 인사를 하며 입을 맞추지 않았고 미소를 지으려는 수고도 하지 않았다. 하지만 그녀는 탐탁치 않아 하는 기색 없이 파스칼을 훑어보았다. 신중하면서도 강렬해 보이는 인상 때문에 모든 여자들이 그를 좋아했다. 앙드레는 파스칼을 향해 사교계용 미소를 지었다. 앙드레의 눈 밑이 검어서 나는 운 게 아닐까 생각했다. "화장을 고치고 싶으면 내 방에 필요한 것들이 있을 거야." 그것은 조심스러운 초대였다. 갈라르 집안에서는 화장하는 게 허용됐지만, 우리 엄마나 이모들, 엄마의 친구들은 화장을 좋지 않게 생각했다. "분은 피부를 상하게 해." 그녀들은 주장했다. 하지만 나와 동생들은 그렇게 말하는 이모들이나 아주머니들의 거친 피부를 보며 조심해 봤자 얻은 게 별로 없었던 것 같다고 종종 이야기했다.

나는 분첩을 얼굴에 두드리고, 특별한 스타일을 내지 않고 자른 머리 모양을 정돈한 후 거실로 되돌아갔다. 청춘 남녀들이 나이 든 부인들의 감격한 듯한 눈길을 받으며 춤을 추고 있었는데 아름다운 광경은 아니었다. 너무 화려하거나 너무 달콤해 보이는 색깔의 새틴이나 타프타 천, 스퀘어 네크라인, 어색한 주름 장식은 자신의 육체를 잊어야 한다는 것을 지나치다 싶을 정도로 잘 교육받은 독실한 젊은 여자들을 더 추하게 만들었다. 바라보기에 좋은 것은 오직 앙드레뿐이었다. 그녀의 머리카락은 윤기가 흘렀고 손톱은 반들거렸다. 앙드레는 얇은 남색 비단으로 만든 예쁜 원피스를 입었고 하이힐을 신고 있었다. 건강해 보이게끔 뺨에 칠한 볼터치에도 불구하고 앙드레는 피곤해 보였다.

"정말 슬프네!" 내가 파스칼에게 말했다.

"뭐가?"

"이 모든 게."

"그렇지 않아." 파스칼이 쾌활하게 말했다.

파스칼은 나처럼 따분해하거나 신랄한 태도를 보이지 않았다. 그는 모든 존재 안에서 좋아할 만한 무언가를 발견할 수 있다고 말했는데, 그런 점 때문에 사람들의 호감을 샀다. 그의 사려 깊은 시선 속에서는 모든 이들이 사랑스럽게 보였다.

파스칼이 내게 춤을 추자고 했고, 그와 춘 다음에 나는 다른 사람들과도 춤을 췄다. 그들은 하나같이 못생겼고 나는 그들에게, 그들은 내게 할 말이 아무것도 없었으며, 덥고 지루했다. 나는 앙드레를 시야에서 놓치지 않고 있었다. 앙드레는 모든 댄스 파트너에게 공평히 미소를 지어 주었고, 내 생각에는 지나칠 정도로 완벽히 무릎을 구부려 노부인들에게 인사를 건넸다. 나는 그렇게 자연스럽게 사교계 아가씨의 역할을 수행하는 앙드레를 보고 싶지 않았다. 앙드레는 자기 언니처럼 결국 결혼을 하게 될까? 나는 약간 불안한 마음으로 궁금해했다. 몇 달 전, 앙드레는 비아리츠에서 연푸른색의 길쭉한 자동차를 운전하고 있는 베르나르를 우연히 마주쳤다. 그는 하얀색 정장 차림에 반지를 여럿 끼고 있었는데, 그의 옆에는 매춘부처럼 보이는 금발 미녀가

타고 있었다. 앙드레와 베르나르는 서로 할 말을 찾지
못한 채 악수를 나눴다. "엄마가 맞았어. 우리는 서로에
게 맞는 상대가 아니었어." 앙드레가 내게 말했다. 그들
을 억지로 떼어 놓지 않았다면 달랐을 수도 있지, 나는
생각했다. 어쩌면 아닐지도 모르지만. 어쨌든 그 만남
이후로 앙드레가 사랑에 대해서 말할 때는 늘 씁쓸함이
섞여 있었다.

한 곡이 끝나고 그다음 곡이 시작되기 전, 나는 앙드
레 곁으로 다가갈 수 있었다.

"5분만 얘기할 수 없을까?"

앙드레는 관자놀이를 만지작거렸다. 머리가 아픈 게
틀림없었는데, 그즈음 앙드레는 자주 머리가 아팠다.

"꼭대기 층 계단에서 보자. 내가 살짝 빠져나가 볼
게."

앙드레는 춤을 추기 위해 다시 짝을 짓는 사람들을
흘깃 보았다.

"엄마들은 젊은 남자랑 걷지도 못하게 하면서 우리가
춤추는 걸 보면서는 천진하게 웃어. 순진하기도 하지!"

때때로 앙드레는 내가 겨우 조그만 목소리로 말할 만
한 것들을 큰 소리로 신랄하게 말했다. 그랬다. 훌륭한
기독교인이라면, 정숙한 자기 딸들이 얼굴이 빨개져서

남자들의 품에 기꺼이 안겨 있는 걸 보며 걱정했어야만 했다. 열다섯 살이었을 때 나는 얼마나 무용 수업을 싫어했던지! 뱃속이 울렁거리는 것 같기도 하고, 피로 같기도, 슬픔 같기도 한, 정의할 수 없는 불편한 감정이 느껴지곤 했는데, 이유는 알 수 없었다. 왜 그런 감정을 느꼈는지 알게 된 이후에는 더 이상 춤을 추고 싶지 않아졌다. 누구든지 간에, 몸에 닿는 것만으로도 내 감정에 영향을 미칠 수 있다는 사실이 비이성적이고 모욕적이게 느껴졌다. 하지만 여기 있는 처녀들 대부분은 나보다 더 순진한 게 확실했다. 자존심이 덜 강하거나. 그런 생각에 이르자 나는 그 여자들을 바라보는 것이 불편해졌다. 그렇다면 앙드레는? 앙드레의 냉소적인 말들은 떠올리자마자 당황스러워지고 마는 질문들을 나자신에게 던지게끔 만들었다. 앙드레가 계단으로 나를 만나러 왔고, 우리는 맨 위 층계참에 자리를 잡았다.

"한숨 돌리니까 좋구나." 앙드레가 말했다.

"머리가 아프니?"

"응."

앙드레가 미소 지었다.

"어쩌면 아침에 마신 것 때문에 그런 걸지도 몰라. 평소엔 기분을 끌어올리려고 커피를 마시거나 화이트와

인을 한 잔 마시거든. 오늘은 그 둘을 섞어 마셨어."

"커피랑 와인을?"

"그렇게 나쁘진 않아. 마신 직후에는 정신이 번쩍 났어."

앙드레가 미소를 거뒀다.

"밤에 잠을 못 잤어. 말루 언니 때문에 너무 슬퍼!"

언니와 사이가 좋은 적이 없었지만 앙드레는 모든 사람에게 일어나는 일을 자기 일처럼 느꼈다.

"불쌍한 말루 언니!" 앙드레가 다시 말했다. "이틀 동안 언니는 친구들을 전부 만나서 상담을 했어. 모두들 결혼을 수락하라고 했대. 특히 기트 언니가."

앙드레가 비웃었다.

"기트 언니가 스물여덟 살이 되면 밤을 혼자 보내는 게 견딜 수 없어진다고 말했대!"

"자기가 좋아하지 않는 남자랑 밤을 보내는 건, 재미있나?"

내가 웃었다.

"기트 언니는 아직도 성사혼*에서 첫눈에 반한다는 걸 믿어?"

"그럴 걸." 앙드레가 말했다. 앙드레는 메달이 달린

* 혼인성사를 통해 맺어지는 가톨릭 신자 사이의 혼인.

금 체인을 신경질적으로 만지작거렸다.

"아! 간단하지가 않아." 앙드레가 말했다. "너는 직업을 가질 거니까, 결혼하지 않아도 어딘가에 쓸모가 있겠지. 하지만 기트 언니처럼 아무 쓸모 없는 노처녀는 좋지 않아."

이기적이게도, 나는 볼셰비키들과 냉혹한 인생 때문에 나의 아버지가 파산한 것을 자주 기뻐했다. 그랬기 때문에 내가 일을 해야만 했으니까. 앙드레를 괴롭히는 문제들은 나와 상관이 없었다.

"네가 교수 자격 시험을 보는 건 정말 불가능한 일이야?"

"불가능하지!" 앙드레가 말했다. "내년에 나는 말루 언니 자리를 대신해야 해."

"너희 어머니가 너를 결혼시키려고 하실까?"

앙드레가 조그맣게 웃었다.

"내 생각에는 벌써 시작됐어. 나한테 내 취향이 뭔지 체계적으로 물어오는 젊은 공대생이 하나 있거든. 그 사람한테 나는 캐비어와 디자이너 의상실, 디스코장을 꿈꾼다고 말했어. 내 이상형은 루이 주베*고."

* 루이 주베(1887~1951). 프랑스 연출가 겸 배우.

"그 말을 믿었어?"

"어쨌든 근심스러워하는 것처럼 보이긴 했어."

우리는 몇 분 더 수다를 떨었고 앙드레가 시계를 봤다.

"다시 내려가 봐야 해."

나는 그 조그마한 노예 족쇄가 싫었다. 우리가 초록색 램프의 불빛이 평온하게 비추는 도서관에서 책을 읽고 있을 때, 수플로 거리에서 차를 마시고 있을 때, 뤽상부르 공원의 오솔길을 걷고 있을 때, 앙드레는 느닷없이 시계를 흘깃 보았고, 공포에 사로잡혀 사라지곤 했다. "늦었어!" 앙드레에게는 언제나 해야 할 다른 일이 있었다. 앙드레의 어머니는 수많은 집안일로 앙드레를 들볶았는데 앙드레는 열정적인 참회자처럼 그 일들을 수행했다. 앙드레는 어머니를 고집스레 사랑했고, 어떤 일에 대해 앙드레가 어머니에게 불순종하기로 했다면 그것은 어머니가 그럴 수밖에 없게 만들었기 때문이었다. 베타리에서 내가 머물렀던 날들로부터 얼마 지나지 않아—당시 앙드레는 열다섯 살이었다—갈라르 부인은 성(性)에 대해서 신랄하고 세세하게 알려 주었는데, 앙드레는 그 일을 회상하면 몸서리를 쳤다. 그리고 난 후에 갈라르 부인은 앙드레에게 루크레티우스*나 보카치오†, 라블레‡ 같은 작가들을 읽어도 좋다고 차분히 허락했다. 노골적이고 나아가서는 외설스럽기까지 한 이런 책들을 읽는 것에 대해서 기독교 신자인 갈라르 부인은 불안해하지 않았다. 그렇지만 그녀는 신앙심과 기독교적 윤리를 왜곡하고 있다고 생각되는 작가들은 가차 없이 비난했다. "네가 믿는 종교에 대해서 배우고 싶다면 교부(敎父)의 저작들을 읽으렴." 갈라르 부인은 앙드레가 클로델§이나 모리아크¶, 베르나노스**를 들고 있는 걸 보면 그렇게 말했다. 그녀는 내가 앙드레에게 유해한 영향을 미치고 있다고 생각했고, 나와 만나지 못하게 하고 싶어 했다. 좀 더 자유로운 사고를 지닌 지도 교수의 격려를 받으며 앙드레는 잘 버티고 있었다. 하지만 앙드레는 학업과 독서 그리고 우

---

* 루크레티우스(BC99~BC55). 로마 시인 겸 유물론 철학자.

† 조반니 보카치오(1313~1375). 르네상스 인문학의 토대를 마련한 이탈리아 작가.

‡ 프랑수아 라블레(1494~1553). 프랑스 르네상스 문학의 대표적인 작가.

§ 폴 클로델(1868~1955). 프랑스 외교관 겸 작가. 인간의 내면 세계와 가톨릭 신앙에 대한 고찰을 작품에 담았다.

¶ 프랑수아 모리아크(1885~1970). 프랑스 소설가. 가톨릭 신자지만 타락한 주인공들이 그 밑바닥에서 신의 은총을 발견하는 이야기를 쓰며 가톨릭 형식보다 본질적 구원의 은총을 중시했다.

** 조르주 베르나노스(1888~1948). 모리아크와 더불어 죄악을 탐구한 대표적인 가톨릭 작가.

리의 우정에 대해 용서받기 위해서 갈라르 부인이 사회
적 책무라고 부르는 것들을 나무랄 데 없이 완수하려고
노력했다. 그게 앙드레가 그렇게나 자주 두통에 시달리
는 이유였다. 낮 동안 앙드레는 바이올린을 켤 시간을
거의 갖지 못했다. 공부는 밤에 할 수밖에 없었는데, 앙
드레는 똑똑했지만 늘 잠이 모자랐다.

　파스칼은 그날 오후 앙드레에게 여러 번 춤을 추자고
신청했고, 나를 집에 데려다주면서 확신에 찬 어조로
말했다.

　"네 친구 좋은 사람이더라. 소르본 대학교에서 너랑
같이 있는 걸 자주 봤어. 왜 지금껏 걜 나한테 한 번도
소개해 주지 않았어?"

　"그래야겠단 생각을 미처 못했네." 내가 말했다.

　"다시 만났으면 좋겠는데."

　"그건 쉽지."

　나는 파스칼이 앙드레에게 매력을 느꼈다고 티를 내
서 깜짝 놀랐다. 파스칼은 남자들에게 하듯이, 혹은 그
보다 조금 더 다정하게 여자들을 대했지만 그다지 존
중하지는 않았다. 게다가 모두에게 친절한 태도를 보
이긴 해도 파스칼은 그렇게 사교적인 편이 아니었다.
앙드레의 경우, 새로운 사람과 만나면 처음으로 보이

는 반응은 불신이었다. 앙드레는 복음서의 가르침과 순응주의자들의 이해타산적이고, 이기적이며, 별 볼 일 없는 태도 사이에 커다란 간극이 있다는 것을 깨닫고 무척 화를 냈고, 그래서 그들의 위선에 맞서 단호한 냉소주의로 스스로를 지켜 왔다. 파스칼이 매우 똑똑하다는 내 말을 믿긴 했지만, 앙드레는 어리석음에 저항하면서도 지적 능력에 그렇게 큰 가치를 두지는 않았다. "그런 게 무엇에 도움이 되니?" 앙드레는 짜증스럽다는 듯이 물었다. 대체 무엇을 찾는지 모르겠지만 앙드레는 좋은 것이라고 여겨지는 모든 가치들에 대해 똑같은 회의주의로 맞섰다. 앙드레가 어떤 예술가나 작가 혹은 배우에 빠지게 되면, 그건 언제나 역설적인 이유에서였다. 앙드레는 그들의 하찮은, 심지어는 의심쩍기까지 한 자질들만 좋게 평가했다. 앙드레는 주정뱅이 역할을 한 주베에게 마음을 빼앗겨서 방에 사진을 붙여 놓기까지 했는데, 이런 식의 열광적인 태도는 무엇보다 훌륭한 사람들의 거짓 덕목에 대한 도전을 나타냈을 뿐 앙드레가 그들을 진지하게 여기는 건 아니었다. 하지만 파스칼에 대해 말할 때 만큼은 진지하게 보였다.

"난 그 사람이 꽤 괜찮은 것 같아."

그래서 파스칼은 우리와 차를 마시러 수플로 거리에 오게 됐고 뤽상부르 공원까지 함께 갔다. 두 번째 만남부터 나는 앙드레와 파스칼이 단둘이 있을 수 있게 해 주었고, 이후에는 나 없이도 둘이서 종종 만났다. 나는 질투를 느끼지 않았다. 베타리 부엌에서 앙드레가 내게 얼마나 큰 의미인지 고백한 그 밤 이후부터, 나는 앙드레에게 마음을 덜 쓰기 시작했다. 앙드레는 여전히 아주 소중했지만, 이제 내게는 앙드레 외의 세계와 나 자신이 존재했다. 앙드레는 더 이상 내 전부가 아니었다.

앙드레가 학업을 마칠 때까지 신앙심을 잃거나 문란해지지 않았고 맏딸의 혼처도 정했다는 사실에 안심한 갈라르 부인은 그 봄 내내 딸들을 자유롭게 풀어 주었다. 앙드레는 평소보다 시계를 덜 들여다보았고, 파스칼과 단둘이 많은 시간을 보냈으며, 우리 셋이 외출할 때도 자주 있었다. 처음에 파스칼은 앙드레의 신랄한 생각과 환멸 섞인 농담들을 듣고 웃었지만 얼마 지나지 않아 그녀의 비관주의를 나무랐다. "인류는 그렇게 사악하지 않아." 그가 주장했다. 그들은 악의 문제와 죄, 은총에 대해서 의견을 나눴고, 파스칼은 앙드레를 얀센주의*라고 지적했다. 앙드레는 그 말에 큰 충격을 받았다. "그는 정말 어려!" 처음에 앙드레는 놀라서 말하곤 했다. 얼마 후에는 난처한 기색으로 말했다. "파스칼이랑 비교하면 내가 늙고 신경질적인 여자인 것 같은 기분이 들어." 하지만 결국 앙드레는 파스칼이 옳았다고 결론을 내렸다.

"자기와 동등한 사람들을 나쁘게 생각하기부터 하는 건, 하느님 말씀을 어기는 거야." 앙드레는 이렇게도 말했다. "기독교인이 엄격해야 하긴 하지만 그게 고통받아야 한다는 의미는 아니야."

그리고 열정적으로 덧붙였다. "파스칼은 내가 만난 첫 번째 진정한 기독교인이야!"

말뿐 아니라 파스칼의 존재 자체가 앙드레로 하여금 인간의 본성과 세계 그리고 하느님과 화해하게 해 주었다. 그는 천국을 믿었고, 인생을 사랑했으며, 유쾌했고, 나무랄 데가 없었다. 그러니까 모든 인간이 나쁜 게 아니었고, 모든 덕목이 거짓되지도 않았으며, 우리는 지상을 포기하지 않고도 천국에 이를 수 있었던 것이다.

---

* 종교개혁에 대항해 일어난 신학 운동의 하나. 원죄에 의한 인간의 타락과 하느님의 은혜를 강조하며 초대 그리스도교의 엄격한 윤리로 되돌아갈 것을 주장하는 기독교의 극단적 형태.

나는 앙드레가 그의 말에 설득된 것이 기뻤다. 2년 전, 앙드레의 신앙심은 흔들리는 것처럼 보였다. 당시 앙드레는 "신앙심에는 한 가지 형태만 가능할 뿐이야."라고 말했다. "그냥 맹신하는 거." 그때로부터 그녀는 다시 회복됐다. 내가 할 수 있던 거라고는 앙드레가 종교에 대해 너무 가혹한 생각을 갖지 않길 바라는 것뿐이었다. 앙드레와 같은 믿음을 지닌 파스칼은 자기 자신에 대해 이따금 마음을 쓰는 것이 죄가 아니라는 확신을 심어 주기에 나보다 좋은 위치에 있었다. 파스칼은 갈라르 부인을 비난하지 않으면서도 앙드레에게 자기의 삶을 지키려 한 건 옳았다고 확인해 주었다. "하느님은 우리가 바보가 되는 걸 원하지 않으셔. 우리에게 재능을 주신 건 우리가 그걸 사용하게 하시기 위해서야." 파스칼은 앙드레에게 몇 번이고 말했다. 앙드레는 어깨에 지고 있던 커다란 짐을 벗은 것 같았다. 뤽상부르 공원의 마로니에나무들에 움이 트고, 잎이 나고 꽃이 피는 사이 나는 앙드레가 변화하는 것을 보았다. 플란넬 투피스 차림에 밀짚모자를 쓰고, 장갑을 낀 그녀는 요조숙녀 같은 모습이었다. 파스칼이 다정하게 그녀를 놀렸다.

"왜 맨날 얼굴을 가리는 모자를 쓰는 거야? 장갑은 절대 벗으면 안 돼? 이렇게 단정한 아가씨한테 카페 야외석에 앉자고 해도 되는 건가?"

앙드레는 그가 놀릴 때 기쁜 듯 보였다. 다른 모자로 바꿔 쓰진 않았지만 앙드레는 장갑을 가방 속에 넣어 두었다는 사실은 잊어 버리고 생미셸 대로의 카페 야외석에 앉았다. 우리가 솔숲을 산책하던 시절만큼 앙드레의 걸음걸이에 다시 활기가 생겼다. 어떤 의미에서 앙드레의 미모는 그때까지 비밀로 남아 있었다. 눈 깊은 곳에 존재하는 아름다움이 얼굴 위로 잠시 반짝이긴 했지만 완전히 드러나지는 않았다. 그런데 갑자기, 아름다움이 앙드레의 살갗 위로 떠올라 백일하에 활짝 꽃을 피웠다. 나는 어느 날 아침 블로뉴 숲 연못가의 향기로운 녹음 속에서 앙드레와 다시 만났다. 그녀는 노를 저었다. 모자도 장갑도 없이 팔을 드러낸 앙드레는 솜씨 있게 노를 수평으로 움직였다. 머리카락이 반짝였고, 눈에 생기가 돌았다. 파스칼은 물속에 손을 늘어뜨린 채 작은 소리로 노래를 불렀다. 파스칼은 목소리가 좋은 편이었고, 많은 노래를 알고 있었다.

파스칼도 바뀌었다. 파스칼은 아버지 그리고 특히 누나 앞에 있을 때면 아주 어린 소년처럼 보였다. 하지만 앙드레 앞에서는 남자로서의 권위를 세워 말하곤 했다.

남자다운 연기를 하는 건 아니었다. 파스칼은 그저 앙드레가 자신에게서 필요로 하는 바에 부합하게 행동하는 것이었다. 아니면 내가 그를 잘 몰랐거나, 그가 성숙해진 것일지도. 어쨌든 그는 더 이상 신학생처럼 보이지 않았다. 그는 예전에 그랬듯 천사처럼 보이지 않았지만 더 유쾌해 보였다. 그리고 그런 유쾌함이 그에게 잘 어울렸다. 5월 1일 오후, 그는 우리를 뤽상부르 공원의 야외석에서 기다렸다. 우리를 알아보고는 난간 위로 올라갔고, 두 팔을 평행봉 삼아서, 곡예사처럼 작은 보폭으로 우리를 향해 걸어왔다. 양손에는 은방울꽃 다발이 들려 있었다. 그는 바닥으로 뛰어내리며 우리 둘 모두에게 꽃다발을 건넸다. 내 꽃은 균형을 맞추기 위해 있었을 뿐이었다. 파스칼은 내게 한 번도 꽃을 준 적이 없었으니까. 얼굴이 빨개진 걸 보면 앙드레도 그걸 알아차린 것 같았다. 앙드레가 얼굴을 붉히는 걸 본 건 살면서 두 번째였다. '앙드레와 파스칼은 서로 사랑하고 있어.' 나는 생각했다. 앙드레의 사랑을 받는 건 큰 행운이었다. 그렇지만 나는 무엇보다 앙드레 때문에 무척 기뻤다. 앙드레는 신앙심이 없는 사람과는 결혼하기를 원하지 않고 결혼할 수도 없을 거였다. 갈라르 씨를 닮은 엄격한 기독교인을 사랑하겠다고 받아들였다면 앙드레는 시들고 말았을 것이다. 파스칼 곁에서는 앙드레도 마침내 자신의 의무와 행복을 조화시킬 수 있었다.

그해 말, 우리에게는 할 일이 별로 없어서 산책을 많이 했다. 우리 셋 중 누구도 부유하지 않았다. 갈라르 부인은 버스 티켓과 스타킹을 사는 데 필요한 만큼의 용돈만을 딸들에게 주었다. 블롱델 씨는 파스칼이 시험 공부에 전적으로 매진하길 바랐고, 추가 근무에 시달리면서도 파스칼이 개인 교습을 하지 못하게 했다. 나는 수업료를 형편없이 지급하는 두 명의 학생을 가르칠 뿐이었다. 하지만 우리는 어떻게든 우르쉴린 영화관에 예술 영화를 보러 가거나 카르텔*의 극장들에 전위적인 연극 공연을 보러 갔다. 극장에서 나오면 나와 앙드레는 오랫동안 이야기를 나눴다. 파스칼은 관대한 태도로 귀를 기울였다. 그는 철학밖에 좋아하는 게 없다고 고백했다. 무용하다고 여겨지는 예술이나 문학은 파스칼을 지루하게 했지만 인생을 재현한다고 주장하는 예술이나 문학에 대해서 파스칼은 가짜라고 생각했다. 그는 현실에서는 감정과 상황이 책에서처럼 섬세하지도, 극적이지도 않다고 말했다. 앙드레는 파스칼의 이런 단순

* 카르텔 혹은 카르텔 데 카트르. 파리에서 활동했던 네 명의 유명 연출가들(루이 주베, 샤를 뒬랭, 가스통 바티, 조르주 피토에프)이 결성한 조직.

한 생각이 신선하다고 생각했다. 앙드레에게는 인생을 너무 비극적으로 보는 경향이 있었기 때문에, 단순하긴 하지만 낙관적인 파스칼의 생각이 더 나았던 것이다.

학위를 따기 위한 구술시험을 훌륭하게 치른 후 앙드레는 파스칼과 함께 산책을 했다. 그는 앙드레를 자기 집으로 초대하는 법이 없었는데, 파스칼이 그랬다 한들 앙드레는 수락하지 않았을 것이다. 앙드레는 어머니에게 나나 친구들과 외출한다는 식으로 모호하게만 말하곤 했는데, 젊은 남자의 집에서 오후를 보내게 된다면 그랬다는 사실을 어머니에게 감추고 싶지도, 털어놓고 싶지도 않아 했을 것이다. 앙드레와 파스칼은 언제나 바깥에서 보았고 산책을 많이 했다. 이튿날 나는 우리가 늘 만나는 장소인 왕비 석상의 생기 없는 시선 아래서 앙드레와 만났다. 나는 앙드레가 좋아하는 검고 굵은 체리를 사 갔지만 앙드레는 맛보지 않았고, 근심이 있는 듯 보였다. 얼마간의 시간이 흐른 후, 앙드레가 말했다.

"베르나르와 있었던 일에 대해서 파스칼에게 말했어."

긴장한 목소리였다.

"지금껏 한 번도 말한 적이 없었어?"

"없어. 오래전부터 말하고 싶긴 했어. 말해야 한다고 느꼈지만, 차마 용기를 낼 수 없었어."

앙드레는 망설였다.

"나에 대해서 나쁘게 생각할까 봐 너무 겁이 나."

"무슨 말도 안 되는 생각이야!" 내가 말했다.

10년이나 알고 지냈는데도 앙드레가 나를 당황하게 만드는 일은 자주 있었다.

"잘못한 건 아무것도 없어." 앙드레가 심각한 목소리로 말했다. "하지만 우리는 키스를 했고, 그게 플라토닉한 키스는 아니었단 말이야. 파스칼은 정말 순수해. 나는 파스칼이 너무 충격을 받았을까 봐 걱정돼."

그러고 나서 앙드레는 확신을 갖고 덧붙였다.

"파스칼은 자기 자신한테만 엄격하긴 하지만."

"어떻게 충격을 받을 수 있겠어?" 내가 말했다. "너희는 어렸잖아. 그리고 서로 사랑했고."

"몇 살이든 죄를 저지를 수는 있어." 앙드레가 말했다. "사랑이 모든 걸 용서해 주지도 않고."

"파스칼이 너를 얀센주의자 같다고 생각했겠다!" 내가 말했다. 나는 앙드레가 느끼는 양심의 가책을 이해할 수 없었다. 사실 앙드레에게 그 어린 시절의 입맞춤이라는 게 어떤 의미를 지니는지도 잘 이해할 수 없었다.

"파스칼은 이해했어." 앙드레가 말했다. "파스칼은 언제나 뭐든 이해해."

앙드레가 주위를 둘러보았다.

"엄마가 베르나르와 헤어지게 했을 때 자살할 생각을 했었다니! 나는 베르나르를 평생 사랑할 거라고 정말 확신했는데!"

앙드레의 목소리에는 불안 섞인 의문이 깃들어 있었다.

"열다섯 살 땐 착각하는 게 정상이야." 내가 말했다.

단화 끝으로 앙드레는 흙 위에 선을 그었다.

"영원할 거라고 말할 자격은 몇 살부터 생기는 걸까?"

근심에 잠기면 앙드레의 얼굴은 굳어서 거의 뼈만 앙상한 것처럼 보였다.

"이제는 착각이 아니지." 내가 말했다.

"나도 그렇게 생각해." 앙드레가 말했다.

앙드레는 바닥에 계속해서 불분명한 선들을 그었다.

"그렇지만 상대방이, 사랑하는 그 사람이 너를 영원히 사랑할 거라는 건 어떻게 확신할 수 있어?"

"느껴지지 않을까." 내가 말했다.

앙드레는 갈색 종이봉투 속에 손을 넣어 체리를 몇 알 집어먹었다.

"파스칼은 지금까지 어떤 여자도 사랑한 적이 없다고 내게 말했어." 앙드레가 말했다.

앙드레가 내 눈을 바라보았다.

"파스칼은 '사랑한 적이 없었다.'라고 말하지 않고 '사랑한 적이 없다.'라고 말했어."

내가 미소를 지었다.

"파스칼은 세심한 사람이야. 신중히 말하지."

"파스칼이 내일 아침에 같이 영성체를 하지 않겠느냐고 물었어."

나는 아무 대답도 하지 않았다. 내가 앙드레였다면 영성체를 하는 파스칼을 보면서 질투를 느꼈을 것 같다는 생각이 들었다. 인간이라는 피조물은, 하느님에 비하면 아무것도 아니었으니까. 하지만 과거에는 내가 앙드레와 하느님을 동시에 아주 많이 사랑했던 것도 사실이었다.

그때부터 나와 앙드레는 앙드레가 파스칼을 사랑하는 거라고 받아들였다. 파스칼의 경우, 예전보다 더 자신감 있는 태도로 앙드레에게 말을 했다. 그는 열여섯 살부터 열여덟 살 까지는 신부가 되고 싶었다고 앙드레에게 이야기했는데, 그에게 진정한 소명이 없다는 걸 알려 준 사람은 그의 지도 교수였다. 파스칼이 신부가 되려 했던 건 누나의 영향 때문이었고, 그는 신학교가 시대와 어른의 책임감을 갖는다는 두려움으로부터 숨을 은신처가 되어 주리라 기대했던 것이다. 두려움은 오랫동안 지속되었고, 이것이 파스칼이 여자들에 대해 편견을 가졌던 이유였다. 이제 그는 자신이 그랬던 것을 엄하게 자책했다. "순수하다는 건 모든 여자들을 악마로 보는 게 아냐." 파스칼은 쾌활하게 앙드레에게 말했다. 앙드레를 알기 전, 그는 그가 순수한 영혼이라고 생각한 누나와 여자라는 의식을 거의 갖고 있지 않은 나만을 예외로 여겼다. 이제 그는 여자들이 여자인 그 자체로서 하느님의 피조물이라는 걸 이해했다.

"하지만 앙드레는 세상에 하나밖에 없지." 파스칼이 열정적으로 그렇게 덧붙여서, 이제 앙드레는 그가 사랑한다는 걸 더 이상 의심하지 않았다.

"방학 동안 서로에게 편지를 썼니?" 내가 물었다.

"응."

"어머니는 뭐라고 하셔?"

"엄마는 내 편지를 절대 열어 보지 않아." 앙드레가 말했다. "엄마한테는 편지를 감시하는 것 말고도 할 일들이 있거든."

그 방학은 말루 언니의 약혼 때문에 특히 정신이 없

었다. 앙드레가 걱정스러운 기색으로 내게 약혼식에 대해 말했다.

"엄마가 초대해도 된다고 하면 올 거야?"

"허락 안 해 주실 거야." 내가 말했다.

"꼭 그렇진 않아. 민느랑 렐레트는 영국에 가 있을 거고, 쌍둥이 동생들은 너한테 위험한 영향을 받기엔 너무 어리잖아." 앙드레가 웃으며 말했다. 그리고 심각한 어조로 덧붙였다.

"엄마는 이제 나를 신뢰하고 있어. 힘든 시간을 보냈지만, 결국엔 내가 엄마의 신뢰를 되찾게 됐지. 엄마는 네가 나를 타락시킬까 봐 더 이상 걱정하지 않아."

나는 앙드레가 나를 파티에 초대한 건 나와의 우정 때문만이 아니라 파스칼에 대해서 이야기를 나누고 싶어서가 아닐까 짐작했다. 하지만 나는 속내를 털어놓을 수 있는 친구의 역할 그 이상을 바라지 않았으므로 앙드레가 9월 초에 와 달라고 말했을 때 무척 기뻤다.

* * *

8월 내내, 나는 앙드레로부터 아주 짧은 두 통의 편지만을 받았다. 새벽녘, 침대에서 쓴 편지였는데 "낮에는 1분도 내 몫의 시간이 안 나."라고 앙드레는 말했다. 그녀는 잠귀가 밝은 할머니의 방에서 잠을 잤다. 편지를 쓰고 책을 읽기 위해서는 덧창 사이로 빛이 스며들기를 기다려야 했다. 베타리의 집은 사람으로 가득했다. 약혼자와 그의 두 자매들─악착같이 앙드레를 따라다니는 초췌하고 나이 든 여자들이었다─이 있었고, 리비에르 드 보뇌유 집안 사촌들도 전부 와 있었다. 말루 언니의 약혼을 축하하면서 갈라르 부인은 앙드레의 맞선을 주선했다. 파티가 파티로 이어지는 눈부신 계절이었다. "연옥이 이렇겠지." 앙드레는 썼다. 9월이 되면 말루 언니를 약혼자의 집으로 데려다주어야만 했는데, 그 생각을 하면 앙드레는 슬퍼졌다. 다행히 파스칼이 긴 편지를 보내 주었다. 나는 빨리 앙드레를 다시 만나고 싶었다. 그해 나는 사데르낙에서 무료하게 지내고 있었고, 외로움이 나를 무겁게 짓눌렀다.

앙드레는 분홍색 리넨 원피스를 입고 밀짚모자를 쓴 채 나를 플랫폼에서 기다렸다. 하지만 그녀는 혼자가 아니었다. 한 명은 분홍색 체크무늬, 다른 한 명은 푸른색 체크무늬 면직물 옷을 입은 쌍둥이 동생들이 기차를 따라 소리를 지르며 뛰어왔다.

"실비 언니다! 안녕하세요, 실비 언니!"

그 아이들의 곧은 머리카락과 까만 눈은 10년 전 내 마음을 사로잡았던, 다리에 화상을 입었던 어린 소녀를 떠올리게 했다. 그 아이들의 볼이 조금 더 통통했고 눈빛이 조금 덜 건방졌다는 점만이 달랐을 뿐. 앙드레가 나를 보고 미소를 지었다. 잠깐의 미소였지만, 아주 생동감이 넘쳐서 내 눈에 앙드레는 건강하게 빛나 보였다.

"여행은 좋았니?" 앙드레가 내 손을 잡으며 물었다.

"그럼. 혼자 여행할 때마다 늘 그런 것처럼." 내가 말했다.

아이들이 우리를 이상하다는 눈으로 바라봤다.

"왜 실비 언니랑 인사할 때 뺨에 뽀뽀를 안 해?" 파란 옷을 입은 쌍둥이가 앙드레한테 물었다.

"아주 좋아하지만 인사 뽀뽀를 안 하는 사람도 있는 거야." 앙드레가 말했다.

"좋아하지 않는데 뽀뽀해야 하는 사람들도 있는데." 분홍 옷의 쌍둥이가 말했다.

"바로 그거야." 앙드레가 말했다. "실비의 가방을 차에 가져가렴." 앙드레가 덧붙였다.

동생들이 내 가방을 낚아채 주차장에 세워져 있는 검은 시트로엥 쪽으로 깡충깡충 뛰어갔다.

"어떻게 지내니?"

"잘 지내지도, 못 지내지도 않아. 얘기해 줄게." 앙드레가 말했다.

앙드레가 핸들 앞으로 미끄러져 들어갔고, 나는 그 옆에 앉았다. 쌍둥이들은 상자들이 쌓여 있는 뒷좌석에 탔다. 일과가 지독하게 빽빽이 짜여 있는 일상의 한 가운데에 내가 떨어진 게 분명했다. "실비를 마중 가기 전에 쇼핑을 하고 동생들을 데려오렴." 갈라르 부인은 그렇게 말했을 것이다. 집에 도착하면 그 상자들을 풀어봐야 할 테지. 앙드레는 장갑을 끼고 핸들을 만지작거렸다. 조금 더 찬찬히 보니 앙드레가 말랐다는 걸 알 수 있었다.

"살이 빠졌구나." 내가 말했다.

"아마 조금."

"당연히 빠졌죠. 엄마가 혼내지만 언니는 아무것도 먹지 않는걸요." 쌍둥이 중 한 명이 소리를 질렀다.

"아무것도 먹질 않아요." 또 다른 한 명이 똑같이 말했다.

"바보 같은 소리 하지 마." 앙드레가 말했다. "아무것도 안 먹었다면 나는 죽었을 거야."

자동차가 천천히 움직였다. 핸들 위에 놓인 장갑 낀

손은 능숙해 보였다. 하긴, 앙드레는 무엇을 하든 다 잘했다.

"운전하는 거 좋아해?"

"하루 종일 운전사 노릇하는 건 별로지만 운전은 좋아해."

자동차가 아카시아나무들을 따라 달렸지만 나는 그 길을 알아보지 못했다. 갈라르 부인이 최대한 속도를 늦추며 내려가던 가파른 내리막길, 말이 작은 보폭으로 힘겹게 오르던 비탈길은 모두 평평해졌다. 그리고 우리는 벌써 대로에 도착했다. 갓 가지치기한 회양목들. 성은 그대로였지만 낮은 층계 앞에는 베고니아와 백일초들이 심어진 화단이 조성되어 있었다.

"옛날엔 이런 꽃들이 없었는데." 내가 말했다.

"없었지. 꽃들이 못생겼어." 앙드레가 말했다. "하지만 이젠 정원사가 있으니까 일거리를 줘야지." 앙드레가 냉소적인 어조로 덧붙였다. 앙드레는 내 가방을 들며 쌍둥이들에게 말했다.

"엄마한테 곧 간다고 말해 줘."

나는 현관과, 그곳에서 풍기던 시골 냄새를 알아봤다. 계단이 예전처럼 삐걱거리는 소리를 냈다. 하지만 층계참에서 앙드레가 왼쪽으로 몸을 틀었다.

"쌍둥이들 방에 네 방을 마련해 두었어. 쌍둥이들은 할머니랑 나랑 같이 잘 거야."

앙드레는 문을 열고 내 짐을 마룻바닥에 놓았다.

"엄마는 우리가 같은 방을 쓰면 눈을 조금도 붙이지 못할 거래."

"너무 아쉽다!" 내가 말했다.

"응. 그렇지만 네가 여기 있다는 것만으로도 이미 너무 좋아." 앙드레가 말했다. "정말 행복해!"

"나도 그래."

"준비되는 대로 내려와." 앙드레가 말했다. "나는 엄마를 도와줘야 해."

앙드레는 문을 다시 닫았다. 내게 "내 몫의 시간은 단 1분도 없어."라고 편지에 쓴 건 과장이 아니었다. 앙드레는 절대 과장하는 법이 없었다. 그런데도 앙드레는 짬을 내어 나를 위해서 자기가 제일 좋아하는 꽃인 빨간 장미 세 송이를 따다 주었다. 어린 시절 앙드레가 썼던 작문 중 하나가 떠올랐다. "나는 장미를 좋아한다. 장미는 시들지 않고 절을 하며 죽는 정중한 꽃이다." 나는 단 한 벌 뿐인 연보라색 원피스를 옷걸이에 걸기 위해 옷장을 열었다. 옷장에는 샤워 가운과 덧양말, 빨간 물방울무늬가 있는 예쁜 새하얀 원피스가 준비되어 있었다. 화장대 위에는 앙드레가 가져다 놓은 아몬드 향 비누와 화장수, 내 피부에 어울리는 톤의 파우더가 있었다. 나는 앙드레의 배려에 감동했다.

'앙드레는 왜 먹지 않을까?'

어쩌면 갈라르 부인이 편지를 가로챘는지도 몰랐다. 그렇다면? 5년이나 지났는데 똑같은 이야기가 다시 시작되려는 걸까? 나는 방을 나와 계단을 내려갔다. 똑같은 이야기는 아닐 거야. 앙드레는 더 이상 어린아이가 아니었다. 앙드레가 파스칼을 어찌할 수 없을 정도로 사랑한다는 걸 나는 느끼고 있었고, 또 알고 있었다. 갈라르 부인이 그들의 결혼에 반대할 어떠한 이유도 찾지 못할 것이라고 되뇌며 안심하려 애썼다. 요컨대, 파스칼은 '모든 면에서 훌륭한 청년'의 카테고리에 분류될 수 있을 남자였다.

거실에서 커다란 목소리들이 들려왔다. 대체로 내게 적대적인 그 안의 모든 사람들에 맞설 생각을 하자 두려워졌다. 하지만 나 역시 더 이상 아이가 아니었다. 나는 서재에 들어가 저녁 식사 시간을 알리는 종이 울리길 기다렸다. 나는 서재의 책과 초상화, 돋을새김한 가죽 커버가 천장의 격자 장식 같은 꽃줄 모양 스티치와 구슬선으로 장식된 두꺼운 앨범을 기억하고 있었다. 금

속으로 된 잠금쇠를 풀었다. 나의 시선은 리비에르 드 보뇌유 부인의 사진에서 멈췄다. 납작하고 검은 머리띠를 한 채 권위적인 인상을 풍기는 50세의 그녀는 지금의 인자한 할머니의 모습과 닮은 데가 없었다. 리비에르 드 보뇌유 부인은 자신의 딸이 원하지 않는 남자와 결혼하게끔 만들었다. 나는 몇 장 뒤에 실려 있는 처녀 시절의 갈라르 부인의 사진을 찬찬히 살펴보았다. 그녀의 목은 깃 높은 블라우스에 갇혀 있었고, 머리카락은 순진해 보이는 얼굴 위에 부풀려 있었는데, 엄격하면서도 고결해 보이며 웃지 않는 입은 앙드레의 입을 닮은 것처럼 보였다. 그녀의 눈에는 무엇인가 사람의 마음을 끄는 것이 있었다. 나는 조금 더 뒤쪽에서 턱수염이 난 젊은 남자 옆에 앉아 못생긴 젖먹이에게 미소를 짓고 있는 그녀의 사진을 다시 발견했다. 그녀의 눈에 있던 무엇인가는 사라져 있었다. 앨범을 다시 닫고 문을 겸한 창문 쪽으로 걸어 가, 그것을 반쯤 열었다. 산들바람이 루나리아 사이에서 장난을 치며 가냘픈 북을 소리 내게 했다. 그네가 삐걱거렸다. '그녀는 우리 나이였어.' 나는 생각했다. 그녀는 같은 별빛 아래서 밤의 속삭임에 귀를 기울이며 다짐했다. '아냐, 나는 그 남자와 결혼하지 않을 거야.' 왜였을까? 못생기거나 어리석은 남자는 아니었다. 그는 아름다운 미래와 많은 덕목을 가지고 있었다. 다른 남자를 사랑했던 걸까? 꿈이 있었을까? 지금의 갈라르 부인은 그녀가 살아온 인생에 꼭 걸맞게 태어난 것처럼 보였는데!

저녁 식사 시간을 알리는 종소리가 울렸고, 나는 식당으로 갔다. 여러 사람과 악수를 했지만 아무도 나의 소식을 묻는 데 시간을 허비하지 않았고 나는 금세 잊혔다. 식사 시간 내내 샤를과 앙리 리비에르 드 보뇌유는 갈라르 씨가 지지하는 교황에 반대해서 《악시옹 프랑세즈》의 입장*을 시끄럽게 옹호했다. 앙드레는 짜증난 것처럼 보였다. 갈라르 부인은 딴생각을 하고 있는 게 분명했다. 나는 그녀의 누런 얼굴에서 앨범 속 젊은 여인을 되찾아 보려 했지만 헛수고였다. 하지만 기억을 갖고는 있겠지. 나는 생각했다. 어떤 기억들을 갖고 있을까? 그리고 그것들로 무엇을 했을까?

저녁 식사 후, 남자들은 브리지 게임을 했고 여자들은 수예품을 집어 들었다. 그해에는 종이로 만든 모자가 유행하고 있었다. 두꺼운 종이를 가느다란 막대기 모양으로 재단해 물에 적혀 다루기 쉽게 만든 후, 그것

---

* 1926년 교황은 가톨릭 신자가 《악시옹 프랑세즈》를 읽는 것을 금지했다.

들을 단단하게 엮고 일종의 니스 같은 걸로 전체를 칠했다. 사트네 집안 아가씨들의 감탄스러워하는 눈길을 받으며 앙드레는 초록색의 무언가를 만들었다.

"클로슈*야?" 내가 물었다.

"아니 챙이 아주 넓은 여성 모자야." 앙드레가 공모자의 미소를 지으며 내게 말했다.

아녜스 사트네가 바이올린을 연주해 달라고 부탁했지만 앙드레는 거절했다. 나는 저녁 내내 앙드레와 이야기를 나누기 어려울 거라는 걸 깨닫고, 방으로 올라가 일찍 잠들었다. 이어지는 날들에도 나는 앙드레를 단 1분도 따로 보지 못했다. 아침에 앙드레는 집안일을 돌봤고, 오후가 되면 젊은 사람들 모두가 근처 성에서 춤을 추거나 테니스를 치러 가기 위해 갈라르 씨와 샤를의 차에 올라탔다. 아니면, 우리는 바스크 지방 민속 경기인 펠로타 토너먼트 경기나 랑드 지방의 투우를 관람하기 위해 작은 마을에 갔다. 웃어야만 할 때면 앙드레는 웃었다. 하지만 나는 실제로 그녀가 거의 아무것도 먹지 않는다는 걸 알아챘다.

어느 밤, 방문이 열리는 소리에 잠에서 깨어났다.

---

* 종 모양의 여성용 모자.

"실비, 자?"

앙드레가 맨발에 면 플라넬 가운을 입은 채 내 침대 곁으로 다가왔다.

"몇 시야?"

"한 시. 너무 졸리지 않으면 내려가자. 아래서 이야기 하기가 더 좋을 거야. 여기선 누가 들을 수도 있어."

나는 가운을 걸쳤고, 우리는 계단 소리를 내지 않으 려고 조심하며 내려갔다. 앙드레는 서재로 들어가 램프 의 불을 켰다.

"다른 밤에는 할머니를 깨우지 않고 침대를 빠져나 올 수가 없었어. 나이 든 사람들은 잠이 얼마나 얕은지 정말 놀랍다니까."

"너랑 얘기를 정말 나누고 싶었어." 내가 말했다.

"나도 그래!"

앙드레가 한숨을 쉬었다.

"휴가가 시작된 이후 계속 이런 식이야. 운이 없어. 올해는 정말 날 좀 내버려 두길 바랐는데!"

"너희 어머니는 여전히 아무것도 알아채지 못하셨 니?"

내가 물었다.

"아아! 엄마는 결국 편지 봉투에 남자 글씨가 쓰인 걸 눈치챘어. 지난주에 나한테 물어봤지."

앙드레가 어깨를 으쓱했다.

"어쨌거나, 언젠가는 엄마한테 얘기해야 하긴 했어."

"그래서? 어머니가 뭐라고 하셨어?"

"엄마한테 다 말했어." 앙드레가 말했다. "엄마는 파스칼의 편지들을 보여 달라고 하진 않았어. 내가 보여 주지도 않았겠지만. 그렇지만 전부 말하긴 했어. 엄마가 생각을 좀 해 봐야겠대."

앙드레가 방 안을 둘러보았다. 마치 어떤 도움을 구하듯이. 근엄한 책들, 선조들의 초상화는 그녀를 안심시켜 주기에 적합하지 않았다.

"어머니가 아주 많이 화나신 것처럼 보여? 언제쯤 뭐라고 결정하셨는지 알 수 있어?"

"아무것도 몰라." 앙드레가 말했다. "엄마는 아무런 말도 하지 않고 그냥 내게 질문만 했어. 그리고 건조한 목소리로 이렇게 말했어. 생각을 좀 해 봐야겠다."

"어머니가 파스칼을 반대하실 만한 이유는 아무것도 없어." 내가 열렬히 말했다. "어머니 입장에서 생각해도 나쁜 결혼 상대자가 아니야."

"잘 모르겠어. 우리 계층에선, 결혼이 그런 식으로 이뤄지지 않아." 앙드레가 그렇게 말하더니 쓸쓸하게 덧붙였다.

"사랑에 의한 결혼. 그런 건 수상쩍은 거거든."

"그렇지만 네가 파스칼을 사랑한다는 이유만으로 결혼하지 못하게 하시지는 않겠지!"

"잘 모르겠어." 앙드레가 멍한 목소리로 되풀이해서 말했다. 앙드레는 나를 재빨리 흘깃 보더니 시선을 거뒀다.

"나는 파스칼이 나랑 결혼할 생각이 있는지조차 모르겠는걸."

"그럴 리가! 파스칼은 당연한 일이라 말하지 않은 것뿐이야." 내가 말했다. "파스칼한테는 너를 사랑하는 거랑 너하고 결혼하고 싶어 하는 게 똑같은걸."

"파스칼은 한 번도 나한테 사랑한다고 한 적이 없어." 앙드레가 말했다.

"알아. 하지만 마지막으로 우리가 파리에서 봤을 때는, 너도 의심하지 않았잖아. 그리고 그런 네가 옳았어. 파스칼이 널 사랑한다는 건 빤히 보였어."

앙드레는 목걸이를 만지작거리며 말없이 한동안 있었다.

"처음 보낸 편지에, 파스칼한테 사랑한다고 말했어. 어쩌면 내가 잘못한 걸지도 몰라. 하지만 어떻게 설명해야 할지 모르겠는데 편지를 쓰면서는 잠자코 있는 게 거짓말하는 거 같았어."

나는 고개를 끄덕였다. 앙드레는 언제나 속임수를 쓸 줄 몰랐다.

"파스칼은 나한테 아주 근사한 답장을 써 줬어." 앙드레가 말했다. "하지만 사랑이란 단어를 말할 권리가 있는 것처럼 느껴지지 않는대. 파스칼은 세속적인 삶에서나 종교적인 삶에서나 명징하게 느껴지는 건 하나도 없었다고 했어. 자신의 감정을 경험해 볼 필요가 있다고."

"걱정 마." 내가 말했다. "파스칼은 언제나 시험해 보지도 않고 의견을 정하는 게 잘못이라고 나한테 했어. 걔는 그런 애야! 천천히 시간을 갖는 게 필요해. 그렇지만 금방 결론이 날 거야."

나는 파스칼이 장난을 치고 있는 게 아니라는 걸 알 수 있을 만큼 파스칼에 대해서 잘 알았다. 하지만 나는 그의 우유부단한 성격이 한탄스러웠다. 그의 사랑을 확신할 수 있었더라면 앙드레는 좀 더 잘 먹고 더 잘 잘 수 있었을 거였다.

"어머니와 대화했다고 파스칼에게 말했어?"

"응." 앙드레가 말했다.

"두고 봐. 너희들의 관계가 위험에 처할지 모른다고

걱정하기 시작하면 파스칼도 확신을 갖게 될 테니까."

앙드레는 목걸이에 달린 메달을 가볍게 깨물었다.

"기다려 볼게." 앙드레가 자신 없는 투로 말했다.

"솔직히 앙드레, 파스칼이 다른 여자를 사랑할 수 있을 거라고 생각해?"

앙드레는 망설였다.

"결혼에 소명이 없다는 걸 알게 될 수도 있지."

"파스칼이 여전히 신부가 되려 한다고 의심하는 건 아니지!"

"나를 만나지 않았으면 생각했을지도 모르지." 앙드레가 말했다. "어쩌면 나는 파스칼을 진정한 자신의 소명으로 되돌아가게끔 하기 위한 여정에 놓인 덫일지도 몰라……."

나는 앙드레를 걱정스럽게 쳐다보았다. 파스칼은 앙드레가 얀센주의자라고 말했었다. 하지만 그보다 더 심했다. 앙드레는 하느님이 사악한 음모를 꾸미고 있다고 의심하고 있으니까.

"말도 안 돼." 내가 말했다. "하느님이 부득이한 경우에 영혼을 시험하실 수 있을지는 몰라도 속이시지는 않아."

앙드레가 어깨를 으쓱했다.

"다들 말이 되지 않으니까 믿어야 한다고 하잖아. 그래서 나는 말이 더 안 되는 것처럼 느껴질수록 그게 진짜일 가능성이 더 높다고 생각하게 돼."

잠시 동안 이야기를 나누는데 갑자기 서재의 문이 열렸다.

"여기서 뭐 하고 있어?" 작은 목소리가 말했다.

앙드레가 제일 예뻐하는, 분홍색 옷의 쌍둥이 데데였다.

"너는? 왜 침대에 누워 있지 않니?" 앙드레가 말했다.

길고 흰 잠옷 자락을 두 손으로 들어 올리며 데데가 다가왔다.

"할머니가 램프를 켜는 바람에 깼어. 언니가 어디 갔냐고 물어보셔서 내가 찾아보겠다고 한 거야."

앙드레가 일어섰다.

"착하지? 할머니한테는 불면증 때문에 서재에 책을 읽으러 내려왔다고 말할 테니까 실비에 대해서 말하지 마. 엄마가 꾸중하실 거야."

"그건 거짓말이잖아." 데데가 말했다.

"거짓말은 내가 한 거니까 너는 입만 다물고 있으면 돼. 너는 거짓말하는 게 아니야."

앙드레가 자신 있게 말했다.

"어른이 되면 가끔씩 거짓말을 해도 돼."

"어른이 되는 건 참 편하네." 데데가 한숨을 쉬며 말했다.

"좋은 점도 있고 나쁜 점도 있지." 앙드레가 데데의 머리를 쓰다듬으며 말했다.

'이게 무슨 노예 같은 삶이야!' 방으로 돌아오며 나는 생각했다. 앙드레가 하는 행동 중 어머니나 할머니한테 통제받지 않거나, 어린 동생들에게 곧바로 모범이 되지 않는 건 하나도 없었다. 하느님에게 들키지 않고 할 수 있는 생각도 없었고!

'이게 최악이지.' 다음 날, 거의 한 세기 내내 리비에르 드 보뇌유 가의 지정석임을 알리는 구리 현판이 붙어 있는 신도석에 앉아 앙드레가 내 옆에서 기도하는 동안 나는 생각했다. 갈라르 부인은 작은 하모늄*을 들고 있고, 쌍둥이들은 축성된 브리오슈로 가득 찬 바구니를 든 채 교회 복도를 거닐었다. 앙드레는 두 손에 머리를 묻고 하느님과 이야기를 하고 있었다. 뭐라고 하는 걸까? 앙드레가 하느님과 맺고 있는 관계는 단순하

---

* 풀무로 바람을 내보내어 소리를 내는 소형 건반 악기.

지 않은 것 같았다. 한 가지는 확실했다. 앙드레는 하느님이 선하다는 것을 확신할 수 없었지만, 하느님을 화나게 하고 싶지 않았고, 사랑하려고 애썼다. 앙드레도 나처럼 신앙에 대한 순진한 믿음을 잃었을 때 신앙심을 버렸으면 모든 게 훨씬 간단했을 텐데. 나는 눈으로 쌍둥이들을 좇았다. 그 아이들은 분주했고 중요한 역할을 맡고 있었다. 그 나이대의 아이들에게 종교는 아주 재미있는 놀이다. 어린 시절 나는 성체를 모시는 금색 옷의 신부 앞에서 깃발을 흔들고 장미 꽃잎을 던지곤 했다. 성찬식 드레스를 입고 행진을 했고 커다란 자수정 반지를 낀 주교의 손에 입을 맞췄다. 벨벳처럼 부드러운 성체안치소, 성모월의 제대, 성탄 구유, 행렬, 천사, 향, 그 모든 향기와 무도극, 화려한 장식물 같은 것들이 내가 유년 시절 가질 수 있던 유일한 사치였다. 그리고 그런 웅장함을 경외하면서 성체현시대 가운데에 놓인 성체처럼 새하얗고 빛나는 영혼이 자기 안에 있다고 느끼는 것은 얼마나 기분 좋은 일이었던가! 그러다 어느 날, 영혼과 천국이 암흑 속으로 빠져들어 가고, 우리는 우리 안의 회한과 죄악, 두려움을 발견하게 된다. 세속적인 면에 대해서 고려할 때조차도 앙드레는 자기 주위에서 벌어지는 모든 것들을 몹시 심각하게 받아들였다.

자기 삶을 초자연적 세계의 신비로운 빛 안에서 상상하는데 어떻게 불안에 사로잡히지 않을 수 있었겠는가? 앙드레가 어머니에게 맞서는 건 어쩌면 하느님을 거역하는 것일지도 몰랐을 거다. 하지만 순종함으로써 앙드레는 스스로가 은총을 받을 자격이 없음을 드러내고 있는 걸 수도 있었다. 파스칼을 사랑하는 것이 사탄의 계획을 따르고 있는 게 아닌지는 어떻게 알 수 있지? 매 순간, 천국이 문제가 됐고, 승리하고 있는지 패배하고 있는지 알려 주는 분명한 지표는 어디에도 없었다. 파스칼은 앙드레가 이런 두려움을 이겨낼 수 있도록 도와주었다. 하지만 그날 밤 우리가 나눈 대화로 나는 앙드레가 두려움의 나락으로 다시 떨어지려 하고 있다는 사실을 알 수 있었다. 앙드레가 마음의 평화를 찾을 수 있는 곳이 성당은 확실히 아니었다.

오후 내내 가슴이 답답했고, 나는 새파랗게 겁에 질린 젊은 농부들을 태운 뾰족한 뿔의 소들을 우울한 마음으로 지켜보았다. 그 후 사흘간은 집안의 모든 여자들이 쉬지 않고 지하실에서 부지런히 움직였다. 나는 콩 껍질을 깠고, 자두의 씨를 뺐다. 매해 지역의 부유한 지주들은 아두르강 가에 모여 음식을 먹으며 피크닉을 즐겼는데, 이런 순진한 행사에는 많은 준비가 필요했다. "다들 다른 집보다 준비를 더 잘해 오고 싶어 하거든. 매해 지난해보다 더 잘해 오고 싶어 하고." 앙드레가 내게 말했다. 아침이 오자 우리는 작은 임대 트럭에 음식과 식기로 가득 찬 바구니 두 개를 실었다. 젊은 사람들은 남아 있는 자리에 끼어 앉았고, 나이 든 사람들과 약혼자들은 자동차를 타고 우리 뒤를 따랐다. 나는 앙드레가 빌려준 빨간 물방울무늬 원피스를 입었다. 앙드레는 생사 빛깔의 비단 천으로 만든 원피스를 입었고, 종이로 만든 것처럼 보이지 않는 커다란 모자와 그것에 잘 어울리는 초록색 벨트를 매고 있었다.

푸른 강과 늙은 떡갈나무, 무성한 풀. 우리는 풀밭에 누웠다가, 샌드위치로 점심을 먹고, 저녁까지 이야기를 나눌 거였다. 완벽하게 행복한 오후로구나, 나는 앙드레가 바구니에서 음식을 꺼내는 것을 도우며 침울하게 생각했다. 이게 다 무슨 소동이야! 식탁을 차리고 음식들을 진열하고 알맞은 자리에 식탁보를 깔아야 했다. 다른 차들이 도착했다. 번쩍이는 자동차들, 앤티크 구식 자동차, 두 마리 말이 이끄는 사륜마차까지. 젊은 사람들이 곧장 그릇을 옮기기 시작했다. 나이 많은 사람들은 방수 커버를 깔아 둔 나무 기둥이나 접이식 의자에 앉았다. 앙드레는 미소 띤 얼굴로 공손하게 절을 하며 그들에게 인사했다. 나이가 지긋한 신사들이 특히 앙드레를 마음에 들어 했고, 앙드레는 그들과 긴 담소를 나눴다. 그 사이사이에는 크림으로 아이스크림을 만드는 복잡한 기계의 핸들을 돌리는 말루 언니, 기트 언니와 일을 교대했는데, 나도 그들을 도왔다.

"정말 놀랍구나!" 내가 음식으로 가득한 식탁들을 가리키며 말했다.

"응, 사회적 의무를 다한다는 점에서 보면 우리는 모두 대단한 기독교인들이야!"

앙드레가 말했다.

크림은 단단해지지 않았다. 우리는 포기하고 이십 대의 사람들이 모여 있는 식탁에 앉았다. 앙드레의 사촌인 샤를은 어떤 아가씨와 기품 있는 목소리로 이야기를 하고 있었다. 그 아가씨는 아주 못생겼지만 근사하게 차려입고 있었는데, 어떤 어휘로도 그녀가 입은 원피스의 색이나 직물에 대해서는 표현할 수조차 없었다.

"이 피크닉은 풀밭 위에서 열린 무도회 같아." 앙드레가 속삭였다.

"선보는 중인 걸까? 여자가 무척 못생겼는데." 내가 말했다.

"그렇지만 아주 부자지." 앙드레가 빈정거리며 말했

나. 적어도 열 건의 결혼이 주선되는 중이었다.

그즈음의 나는 식성이 퍽 좋은 편이었지만 서빙하는 사람들이 계속 건네는 성대한 음식은 나를 질리게 만들었다. 생선젤리, 고기젤리와 배 모양의 비스킷, 양념을 채워 삶은 고기 요리, 고기완자, 고기찜, 마요네즈를 얹은 차가운 고기 요리, 파테*, 테린†, 고기조림, 버섯과 육즙으로 만든 소스, 마케도니아식 샐러드, 마요네즈, 고기파이, 타르트와 프랑지판 크림‡……. 누구의 기분도 상하지 않게 하기 위해서는 이 모든 것들을 맛보아야 했고, 많이 먹어야 했다. 그뿐 아니라 다들 자기가 먹는 것에 대해서 이야기를 했다. 앙드레는 평상시보다 식욕이 좋았고, 식사 초반에는 기분이 꽤 좋기까지 했다. 앙드레의 오른쪽에는 잘난 체하는 듯 보이는 갈색 머리의 잘생긴 남자가 앉아 있었는데, 그는 끊임없이 앙드레와 눈을 맞추기 위해 애썼고, 낮은 목소리로 말을 걸었다. 얼마 안 가 앙드레는 기분이 상한 듯 보였다. 화가 나서인지 와인 때문인지 앙드레의 볼이 약간 빨개졌다. 포도 재배지의 소유주들이 와인 샘플을 가져와서 우리는

* 고기나 생선을 파이 껍질로 싸서 구운 요리.
† 직사각형 또는 타원형 용기에 담아 만드는 차가운 고기 요리.
‡ 우유, 설탕, 달걀, 아몬드가루 등을 넣어 만든 크림.

많이 마셨다. 대화에 활기가 돌았다. 그러다 우리는 가벼운 연애에 대한 이야기를 하게 됐다. 연애를 해도 되나? 어느 정도까지? 결국에는 다들 반대하긴 했지만 그건 젊은 남녀들이 키득대며 밀담을 나누는 계기가 되었다. 그 자리에 모인 젊은 사람들은 전체적으로 점잖은 척하는 편이었지만 외설스럽게 낄낄대는 소리가 많았던 걸 보면 그중 몇은 품행이 바르지 않은 게 분명했다. 흥분한 젊은이들은 대화를 나누기 시작했다. 정중한 내용의 이야기였지만, 그들의 말투를 봐서는 그렇지 않은 이야기를 할 수도 있었을 것 같았다. 커다란 샴페인 병을 땄고 누군가가 옆 사람의 생각을 알 수 있도록 모두 같은 잔에 마시자고 제안했다. 잔이 손에서 손으로 건네졌다. 잘난 체하는 듯 보이는 갈색 머리 미남이 잔을 비우고는 앙드레에게 잔을 건넨 후 귀에 무엇인가를 속삭였다. 앙드레가 손등으로 잔을 쳐서 풀밭으로 굴러 떨어뜨렸다.

"나는 이런 식으로 억지로 가깝게 지내는 걸 싫어해요." 앙드레가 또렷한 목소리로 말했다.

어색한 침묵이 돌고, 샤를이 큰 웃음을 터뜨렸다.

"우리 앙드레는 사람들이 자기 비밀을 아는 게 싫은가 보지?"

"난 다른 사람들의 비밀이 궁금하지 않아. 게다가 이미 너무 많이 마셨고."

앙드레가 자리에서 일어섰다.

"커피를 마시러 가야겠어요."

나는 당황해서 앙드레를 눈으로 좇았다. 나라면 문제 삼지 않고 그냥 마셨을 것이다. 그렇다, 이 순진해 보이는 방탕한 행위 안에는 뭔가 불순한 것이 있었다. 하지만 그것이 우리와 무슨 상관이 있단 말인가? 앙드레의 눈에는 하나의 잔을 매개로 두 입술이 인위적으로 만나는 이 행위가 신성모독처럼 보인 것이 틀림없었다. 앙드레는 예전에 베르나르와 나눴던 입맞춤을 떠올렸던 걸까? 아니면 아직 받지 못한 파스칼의 입맞춤을? 앙드레가 돌아오지 않아서 나도 자리에서 일어나, 떡갈나무 그늘 쪽으로 향했다. 또다시, 앙드레가 플라토닉하지 않은 입맞춤이었다고 했을 때 그것이 정확히 무슨 의미였을지가 궁금해졌다. 나는 성적인 문제들에 대해 확실히 알고 있었고, 어린 시절과 청소년 시절에는 내 육체도 욕망을 지녔었지만 내가 지닌 상당한 지식도, 나의 미미한 경험도, 육체가 경험하는 변화를 애정이나 행복과 연결시키는 고리가 무엇인지 설명해 주지 못했다. 앙드레에게는 몸과 마음 사이에 통로가 존재했지만 내게 그건 아직 수수께끼처럼 남아 있었다.

나는 잡목숲을 빠져나왔다. 아두르강은 굽이지며 흘렀고, 내가 만곡부의 하안에 이르렀을 때 물이 떨어지는 소리가 들려왔다. 투명한 물 밑바닥에 놓인 벽옥빛 자갈들은 마치 자갈인 척하는 사탕처럼 보였다.

"실비!"

갈라르 부인이었는데 밀짚모자 아래 드러난 그녀의 얼굴이 온통 붉었다.

"앙드레 못 봤니?"

"찾고 있던 중이었어요." 내가 말했다.

"사라진 지 벌써 한 시간 가까이 되었어. 이건 무척 무례한 일이야."

사실은 갈라르 부인이 걱정하고 있는 걸 거라고 나는 생각했다. 아마도 그녀는 앙드레를 자신만의 방식으로 사랑하고 있을 것이다. 어떤 방식? 그것이 문제였다. 모두들 각자 자신만의 방식으로 앙드레를 사랑했다.

이제 폭포 소리가 격렬하게 우리의 귓전을 때렸다. 갈라르 부인이 멈춰 섰다.

"이럴 줄 알았어!"

나무 아래, 콜히쿰* 수풀 옆에 있는 앙드레의 원피스와 초록색 허리띠, 거친 직물로 만든 속옷을 나는 알아보았다. 갈라르 부인이 강가로 다가갔다.

"앙드레!"

폭포 아래서 무엇인가가 움직였다. 앙드레의 머리가 나타났다.

"이리 오세요! 물이 굉장해요!"

"지금 당장 나와라!"

앙드레는 우리 곁으로 헤엄쳐 다가왔다. 웃는 얼굴이었다.

"점심을 먹자마자! 병날지도 모르는데!" 갈라르 부인이 말했다.

앙드레는 하안으로 올라와 핀으로 고정시킨 로덴 케이프로 몸을 둘둘 감았다. 물에 젖어 곱슬기가 풀린 머리카락이 눈까지 내려왔다.

"아! 안색이 정말 좋구나!" 갈라르 부인이 부드러워진 목소리로 말했다. "어떻게 몸을 말릴 거니?"

"제가 알아서 할게요."

"하느님께서 도대체 어떤 생각으로 내게 이런 딸을

* 백합목에 속하는 속씨과 식물.

주셨는지 모르겠네!" 갈라르 부인이 그렇게 말하고는 미소를 짓긴 하지만 엄격한 어조로 덧붙였다.

"얼른 돌아오렴. 너는 해야 할 의무를 다하지 않고 있어."

"곧 갈게요."

갈라르 부인이 멀어졌고, 앙드레가 옷을 다시 입는 동안 나는 나무의 반대쪽에 앉아 있었다.

"아! 물속에서 얼마나 좋았는지 몰라!" 앙드레가 말했다.

"얼음처럼 차가웠을 텐데."

"처음 폭포 물줄기가 내 등 위에 떨어졌을 때는 숨이 멎는 줄 알았어." 앙드레가 말했다. "그렇지만 기분이 좋았어."

나는 콜히쿰을 뽑았다. 이 풀들이 정말 독을 지녔을까? 꾸밈없는 모습이 투박하지만 동시에 세련됐고, 땅에서부터 버섯처럼 단숨에 피어나는 이 이상한 꽃이.

"사트네 자매들한테 콜히쿰 끓인 걸 마시게 하면 죽을까?" 내가 물었다.

"불쌍해라! 나쁜 사람들은 아니야." 앙드레가 말했다.

앙드레가 내 쪽으로 다가왔다. 앙드레는 치마를 걸친 후 허리띠를 묶고 있었다.

"속옷으로 몸을 닦았어." 앙드레가 말했다. "아무도 내가 속옷을 안 입고 있단 걸 알아채지 못할 거야. 우린 너무 많은 것들을 몸 위에 걸친다니까."

앙드레는 젖은 케이프와 구겨진 속치마를 펼쳐 볕에 말렸다.

"돌아가야 해."

"안타까워라!"

"불쌍한 실비! 정말 지겨웠을 테지."

앙드레가 내게 미소를 지었다.

"이제 피크닉이 끝났으니까 조금은 시간이 날 거야."

"우리가 볼 수 있는 시간을 잠깐이라도 낼 수 있을 것 같아?"

"어떤 식으로든 만들 거야." 앙드레에게 결심한 목소리로 말했다.

느린 발걸음으로 강을 따라 되돌아가던 중에 앙드레가 말했다.

"오늘 아침에 파스칼의 편지를 받았어."

"좋은 소식이야?"

앙드레가 고개를 끄덕였다.

"응."

앙드레가 손안의 박하 잎을 구기더니 행복한 얼굴로

숨을 들이마셨다.

"파스칼 말이 엄마가 생각해 보겠다고 한 건 좋은 사인이래. 나한테 믿음을 가져야 한다고 했어."

"나도 그렇게 생각해."

"나는 자신이 있어." 앙드레가 말했다.

나는 앙드레에게 왜 샴페인 잔을 바닥에 던졌는지 묻고 싶었지만 당황하게 만드는 것이 두려웠다.

남은 오후 내내 앙드레는 모든 사람들에게 상냥하게 굴었다. 나는 그다지 즐겁지 않았다. 이어지는 날들에도 앙드레는 이전만큼이나 여유 시간을 갖지 못했다. 의심할 여지가 없었다. 갈라르 부인은 우리가 만나는 걸 철저하게 방해하고 있었다. 파스칼의 편지들을 발견했을 때 갈라르 부인은 나를 초대한 일을 후회한 것이 틀림없었고, 자신이 저지른 잘못을 바로잡기 위해 최선을 다하고 있었다. 헤어질 날이 다가오고 있었던 만큼 나는 더 슬펐다. 앙드레의 식구들이 파리로 돌아왔을 때는 말루의 결혼식이 열리겠지, 그날 아침 나는 생각했다. 그러면 앙드레는 이 집과 사교계에서 언니의 자리를 대신할 것이었고, 나는 앙드레를 바자회와 장례식 사이에 슬쩍 볼 수 있을 것이다. 떠나기 이틀 전, 나는 자주 그랬던 것처럼 모두 잠들어 있는 시간에 공원으로 내려갔다. 여름이 죽어 가고 있었다. 수풀은 빛이 바래 불그스름해졌고, 새빨갛던 마가목 열매들은 노란 빛을 띠기 시작했다. 아침의 하얀 입김 아래서 가을의 구릿빛은 더욱 강렬해 보였다. 나는 차가운 기운에 여전히 서리가 내려 있는 풀밭의 나무들이 반짝이는 걸 보는 것을 좋아했다. 여기저기 피어 있던 꽃들이 더 이상 자라지 않는, 비질이 잘 된 오솔길을 따라 우울한 마음으로 걷는데 음악 소리가 들려오는 것 같았다. 나는 소리가 나는 쪽으로 걸어갔다. 그것은 바이올린 소리였다. 공원 깊숙한 곳 솔숲 속에 숨어 앙드레가 연주를 하고 있었다. 앙드레는 푸른색 저지 원피스 위에 낡은 숄을 걸친 채 명상에 잠긴 얼굴로 어깨 위에 놓인 악기가 내는 소리를 듣고 있었다. 아름다운 검은 머리는 얌전하게 가르마 타져 한쪽으로 흘러내렸는데, 감동적으로 새하얀 그 가르마를 애정과 존중하는 마음을 담아 손끝으로 만져 보고 싶은 마음이 일었다. 한동안 활의 움직임을 지켜보다가 생각했다. '앙드레는 정말 혼자구나!'

마지막 음이 사그라들었다. 나는 바스락거리는 솔잎을 밟으며 앙드레에게 다가갔다.

"아!" 앙드레가 말했다. "내 연주를 들었니? 집에서 들려?"

"아니." 내가 말했다. "이 근처를 산책하고 있었어. 바이올린을 진짜 잘 켜는구나!"

앙드레가 한숨을 쉬었다.

"연습할 시간이 조금이라도 있으면 얼마나 좋을까!"

"이런 식으로 야외에서 연주회를 여는 일이 자주 있니?"

"아냐. 하지만 며칠 전부터 너무 연주를 하고 싶더라고! 근데 여기 있는 다른 사람들이 듣는 건 싫었거든."

앙드레는 바이올린을 케이스에 넣었다.

"엄마가 내려오기 전에 집에 들어가야 해. 엄마는 미쳤다고 생각할 텐데 그러는 건 나한테 도움이 되지 않거든."

"사트네 씨 집에 바이올린을 가져갈 거야?" 집으로 향하면서 내가 물었다.

"물론 아니지! 아! 거기에 머물 생각을 하면 겁이 나. 여기는 우리 집이기라도 하지."

"꼭 가야만 하는 거야?"

"난 별것 아닌 일 때문에 엄마랑 싸우고 싶지 않아." 그녀가 말했다. "특히 지금은."

"이해해." 내가 말했다.

앙드레는 집에 들어갔고, 나는 책을 들고 잔디 한가

운데에 자리를 잡았다. 조금 후, 나는 앙드레가 사트네 자매들과 함께 장미를 꺾고 있는 걸 보았다. 그런 후 앙드레는 장작 창고에 장작을 패러 갔고, 둔탁한 도끼질 소리가 들려왔다. 해는 하늘 높이 솟았고, 책을 읽는 게 조금도 즐겁지 않았다. 갈라르 부인이 호의적으로 결정할 거라는 확신이 내게는 더 이상 없었다. 지참금이 많지 않은 건 말루 언니와 마찬가지였지만 앙드레는 언니보다 훨씬 더 예뻤고 훨씬 더 똑똑했으니 그녀의 어머니는 앙드레에 대해 아마도 더 큰 야망을 키워 나가고 있었을 것이다. 갑자기 커다란 비명이 들렸다. 앙드레였다. 나는 장작 창고 쪽으로 달려갔다. 갈라르 부인이 앙드레 쪽으로 몸을 숙이고 있었고, 앙드레는 톱밥 위에서 눈을 감은 채 발에 피를 흘리며 신음하고 있었으며, 도끼의 날이 피로 물들어 있었다.

"말루, 약상자를 가져와, 앙드레가 다쳤어!" 갈라르 부인이 소리를 질렀다. 그녀는 내게 의사에게 전화하러 가 달라고 부탁했다. 내가 돌아왔을 때 말루 언니는 앙드레의 발에 붕대를 감고 있었고 어머니는 암모니아수 냄새를 맡게 하고 있었다. 앙드레가 눈을 떴다.

"도끼를 놓쳤어요!" 앙드레가 조그맣게 말했다.

"뼈는 안 다쳤어요." 말루 언니가 말했다. "상처가 깊긴 한데 뼈는 안 다쳤어요."

앙드레는 열이 조금 났고 의사는 앙드레가 무척 지쳐 있다고 말했다. 그는 장시간 휴식을 취하라고 처방했다. 그렇지 않았더라도 앙드레는 열흘 정도 지나기 전에는 발을 쓸 수가 없을 것이었다.

그날 저녁 내가 앙드레를 보러 갔을 때, 앙드레는 무척 창백했지만 미소를 환하게 짓고 있었다.

"여름이 끝날 때까지 침대에 꼼짝없이 매여 있어!" 앙드레가 의기양양한 목소리로 말했다.

"아프지 않니?" 내가 물었다.

"거의 아프지 않아!" 앙드레가 말했다. "이거보다 열 배는 더 아팠더라도, 사트네 가족네 집에 가는 것보단 이게 더 나아." 앙드레가 장난꾸러기 같은 시선으로 나를 바라보았다.

"이게 바로 하늘이 도와준 사고라는 거야!"

나는 당혹스러워하며 앙드레의 얼굴을 뚫어지게 쳐다보았다.

"앙드레! 고의로 그런 건 아니지?"

"이런 별것도 아닌 일에 하늘이 도움을 줄 거라고 기대할 수는 없었어." 앙드레가 즐거운 듯 말했다.

"용감하기도 하다! 발이 잘릴 수도 있었잖아!"

앙드레는 뒤로 몸을 뉘어 머리를 베개에 기댔다.

"더 이상 참을 수가 없었어." 앙드레가 말했다.

한동안 앙드레는 말없이 천장을 바라보았다. 그녀의 창백한 얼굴과 멍한 눈을 보면서 오래된 두려움이 다시 싹트는 걸 느꼈다. 도끼를 들고 내리치는 것. 나는 결코 그런 일은 할 수 없었다. 생각만으로도 피가 거꾸로 솟았다. 그 일을 벌인 바로 그 순간 앙드레의 마음속에 들었을 생각이 나를 두렵게 했다.

"어머니가 눈치채지 못하셨어?"

"눈치 못 챘을 거야."

앙드레가 다시 몸을 일으켰다.

"내가 말했잖아. 어떤 식으로든 휴식 시간을 갖고 말 거라고."

"그때 이미 결심을 했었니?"

"뭔가를 하려고는 결심했었지. 도끼 생각은 아침에 꽃을 꺾으면서 떠올랐어. 처음엔 그냥 전지용 가위로 상처만 내려고 했는데 그걸로는 충분하지 않았을 거야."

"너 때문에 겁이 난다." 내가 말했다.

앙드레가 활짝 웃었다.

"왜? 그렇게 세게 베지도 않고 잘 성공했는데."

앙드레가 덧붙였다.

"이달 말까지 네가 머물 수 있게 해 달라고 엄마한테 부탁해 볼까?"

"원하시지 않을 거야."

"한번 말해 볼게."

진실을 눈치채서 후회하고 두려웠던 걸까? 아니면 의사의 진단 때문에 걱정을 한 걸까? 갈라르 부인은 내가 앙드레와 함께 있을 수 있게 베타리에 머무는 것을 수락했다. 말루 언니와 사트네 가족이 떠날 때 리비에르 드 보뇌유 가족도 같이 떠나서 집이 갑자기 무척 고요해졌다. 앙드레는 방을 혼자서 쓸 수 있었고 나는 앙드레의 머리맡에서 오랫동안 시간을 보냈다. 어느 날 아침 앙드레가 내게 말했다.

"어제 엄마와 파스칼에 대해서 긴 대화를 나눴어."

"그래서?"

앙드레는 담배에 불을 붙였다. 앙드레는 초조할 때만 담배를 피웠다.

"엄마가 아빠랑 얘기를 나눴대. 우선은 파스칼에 대해서 아무런 비난도 하지 않아. 네가 집에 데려왔을 때 파스칼에 대해 좋은 인상을 받기까지 했대."

앙드레가 나와 눈을 맞췄다.

"단지, 나는 엄마를 이해해. 엄마는 파스칼을 모르고, 파스칼의 결심이 진지한지 궁금해해."

"결혼에 반대하시려는 건 아니지?"

나는 희망에 차서 물었다.

"아냐."

"잘됐네! 그게 제일 중요하지." 내가 말했다. "기쁘지 않아?"

앙드레가 담배를 한 모금 빨았다.

"2, 3년 안에는 결혼 이야기가 없을 거야."

"알아."

"엄마는 우리가 공식적으로 약혼하길 원해. 아니면 파스칼을 더 이상 보지 못하게 할 거래. 엄마는 관계를 끊어 버리게 하기 위해 나를 영국에 보낼 거랬어."

"약혼하면 돼. 그러면 되지."

내가 활기차게 말을 이었다.

"그래, 파스칼이랑 결혼 문제에 대해 한 번도 이야기 해 본 적이 없다지만 그렇다고 파스칼이 네가 2년간 떠나는 걸 내버려 둘 거라고 생각하는 건 아니지?"

"나랑 약혼하자고 파스칼한테 강요할 수는 없어!"

앙드레가 동요하는 목소리로 말했다. "파스칼은 나한테 인내심을 가져 달라고 했고, 자기 생각을 명확히 알기 위해서는 시간이 필요하다고 말했어. 그런데 내가 파스칼에게 '약혼하자.'라고 매달리며 재촉할 수는 없잖아!"

"재촉하는 게 아니야. 상황을 설명하는 거지."

"파스칼을 궁지에 몰아넣는다는 건 똑같아."

"네 잘못이 아니잖아! 네겐 다른 방법이 없는걸."

앙드레는 오랫동안 반대 의견을 펼쳤지만 나는 파스칼에게 말해 보라고 설득하는 데 성공했다. 앙드레는 편지로 이야기하는 것만은 원하지 않았고, 여름휴가가 끝나면 파스칼과 대화를 나누겠다고 어머니에게 말했다. 갈라르 부인은 승낙했다. 그즈음 갈라르 부인은 기분이 좋았는데, 어쩌면 '딸 둘을 시집 보내는군!' 하고 생각하는지도 몰랐다. 갈라르 부인은 나에게 거의 다정하게 굴기까지 했다. 종종 앙드레의 베개를 정리하거나, 앙드레가 실내복 입는 걸 도와줄 때, 갈라르 부인의 눈에는 사진 속 젊은 여인을 떠올리게 하는 무엇인가가 비쳤다.

앙드레는 파스칼에게 익살스러운 어조로 어떻게 다치게 되었는지를 이야기했다. 파스칼은 두 통의 걱정 어린 편지를 보내 왔다. 그는 분별력 있는 사람이 앙드레를 잘 돌봐 주길 바란다는 이야기와 함께 또 다른 이야기를 적었는데, 그 내용이 무엇인지 앙드레는 내게 전하지 않았다. 그렇지만 나는 앙드레가 더 이상 그의 감정에 대해서 의심하지 않는다는 것을 알았다. 휴식과 수면이 앙드레의 안색을 되찾아 주었고 앙드레는 조금 살이 붙기까지 했다. 마침내 침대를 벗어나게 되었던 날 앙드레는 전에 없이 활짝 피어난 듯 기운찬 모습이었다.

앙드레는 조금 절뚝였고, 걷는 걸 힘들어했다. 갈라르 씨는 우리에게 시트로엥 자동차를 하루 종일 빌려주었다. 나는 자동차를 타 본 적이 별로 없었고, 즐기기 위해서 탄 적은 한 번도 없었다. 그래서 앙드레 옆에 타, 창문을 모두 내리고 대로변을 달리기 시작했을 때, 내 가슴은 기쁨으로 벅찼다. 우리는 랑드 숲을 통과해 소나무 사이로, 하늘까지 길게 뻗어 있는 곧은 도로를 따라 달렸다. 앙드레가 아주 빠르게 차를 몰아서 속도계는 80킬로미터까지 다다랐다! 앙드레의 능숙한 운전 실력에도 불구하고 나는 조금 걱정이 되었다.

"우리를 죽이려는 건 아니지?" 내가 말했다.

"물론 아니야!"

앙드레는 행복한 얼굴로 미소를 지었다.

"이제 나는 더 이상 조금도 죽고 싶지 않아."

"전에는 죽고 싶었어?"

"아, 그럼! 매일 밤 잠들 때마다 눈을 뜨지 않길 바랐는 걸. 하지만 이제는 하느님께 나를 살아 있게 해 달라고 기도해." 앙드레가 즐거운 듯이 말했다.

우리는 대로를 벗어나 히드꽃 사이에 잠들어 있는 연못 주위를 천천히 돌았고, 사람이 없는 호텔의 바닷가에서 점심을 먹었다. 여름의 끝물이었고 해변은 비어 있었으며, 별장들은 문이 닫혀 있었다. 바욘*에서 우리는 쌍둥이들을 위해 아몬드와 호두가 들어간 색색의 누가 바를 샀고, 성당의 수도원을 작은 보폭으로 걸으면서 하나를 꺼내 먹었다. 앙드레가 내 어깨에 기댔다. 우리는 언젠가 같이 거닐어 볼 스페인과 이탈리아의 수도원에 대해서, 더 먼 나라, 더 먼 곳으로의 여행에 대해서 이야기를 나눴다. 자동차로 돌아오면서, 나는 붕대가 감긴 발을 가리켰다.

"어떻게 그런 용기를 냈는지 나는 절대 이해 못할 것 같아."

"나처럼 시달렸다면 너도 용기가 났을 걸."

앙드레가 관자놀이를 만졌다.

---

* 프랑스 남서부의 도시.

"결국 참을 수 없을 정도로 심한 두통에 시달리게 됐으니까."

"이젠 머리 아프지 않아?"

"훨씬 덜 아파. 그즈음엔 밤에 잠을 통 자지 못해서 강심제와 카페인을 남용하긴 했어."

"또다시 그러진 않을 거지?"

"안 그래. 휴가가 끝나면, 말루 언니 결혼식까지 보름 정도의 괴로운 시간이 있겠지만 이제 나한테는 힘이 있거든."

아두르강 가의 작은 길을 따라 우리는 숲으로 다시 돌아왔다. 이런 상황에서도 갈라르 부인은 앙드레가 심부름을 하게끔 만들었다. 리비에르 드 보뇌유 부인이 뜬 배내옷을 아기를 기다리고 있는 젊은 농부에게 가져다주어야 했던 것이다. 앙드레는 소나무로 둘러싸인 빈터 한가운데 있는 랑드 지방 스타일의 예쁜 집 앞에 차를 세웠다. 나는 사데르낙 소작지와 퇴비 더미, 개울을 이루는 물거품에 익숙해져 있었기 때문에 숲속 외딴 농장의 우아한 분위기에 놀랐다. 젊은 여자는 우리에게 시아버지가 직접 담근 로제와인을 주었고 장롱을 열어 자수를 놓은 침대 시트들을 자랑 삼아 보여 주었다. 침대 시트에서는 라벤더와 전동싸리꽃 향기가 났다. 10개월 된 아기가 요람 안에서 웃고 있었고 앙드레는 금목걸이에 달린 메달을 가지고 아기와 놀아 주었다. 앙드레는 언제나 아기들을 좋아했다.

"나이에 비해 초롱초롱하네요."

앙드레가 말하면 상투적인 표현들도 진부하게 들리지 않았는데, 그만큼 앙드레의 목소리와 눈에 깃든 웃음은 진실했다.

"이 애도 잠을 안 자요." 젊은 여자가 손을 자기 배 위에 가져다 대며 쾌활하게 말했다.

앙드레처럼 짙은 머리카락에 가무잡잡한 피부색을 지닌 여자였다. 다리가 약간 짧았지만 앙드레와 비슷한 체격을 지녔고 임신한 지 조금 되었는데도 불구하고 우아한 자세를 지녔다. '앙드레가 임신을 하면 꼭 저렇겠지.' 나는 생각했다. 처음으로 결혼을 하고 한 가정의 어머니가 되는 앙드레의 모습을 근심 없이 상상할 수 있었다. 앙드레는 이 집처럼 윤이 나는 아름다운 가구들에 둘러싸여 있겠지. 앙드레의 집에서 사람들은 편안함을 느낄 거였다. 하지만 앙드레는 주석 그릇을 윤내거나 잼병을 양피지로 싸느라 몇 시간씩 보내지는 않을 거였다. 바이올린을 켤 테고, 나는 앙드레가 책을 쓸 것이라고 남몰래 확신하고 있었다. 앙드레는 언제나 책을, 글 쓰는 것을 무척 좋아했으니까.

'행복은 앙드레에게 얼마나 잘 어울릴까!' 앙드레가
곧 태어날 아기와 치아가 나고 있는 아기에 대해 젊은
여자와 대화를 나누는 동안 나는 생각했다.

"근사한 날이었어!" 한 시간 후 자동차가 백일초가
핀 화단 앞에 멈춰 섰을 때 내가 말했다.

"정말 그래." 앙드레가 말했다.

나는 앙드레 역시, 미래에 대해서 생각했을 것이라고
확신했다.

* * *

갈라르 가족은 말루 언니의 결혼식 때문에 나보다 먼
저 파리로 돌아왔다. 파리에 도착하자마자 나는 앙드레
에게 전화를 걸어 다음 날 만나기로 약속을 잡았다. 앙
드레는 서둘러 끊고 싶어 하는 것 같았고, 나는 얼굴을
보지 않고 앙드레와 이야기하는 걸 좋아하지 않았다.
나는 앙드레에게 아무것도 묻지 않았다.

샹젤리제 정원, 알퐁스 도데 조각상 앞에서 앙드레
를 기다렸다. 앙드레는 조금 늦게 도착했는데 보자마자
뭔가가 잘못되었다는 걸 나는 알아챘다. 앙드레는 내게

미소를 지으려고 하지조차 않은 채 내 옆에 앉았다. 내가 걱정스레 물었다.

"뭐가 잘못됐니?"

"응." 앙드레가 말했다. 그리고 음색 없는 목소리로 덧붙였다. "파스칼이 싫대."

"뭐가 싫대?"

"우리가 약혼하는 거. 지금은 안 된대."

"그래서?"

"그래서 엄마는 결혼식이 끝나자마자 나를 케임브리지로 보내 버릴 거야."

"그건 말도 안 돼!" 내가 말했다. "그럴 순 없지! 파스칼이 네가 떠나게 내버려 둘 수는 없어!"

"파스칼은 편지를 주고받으면 된대. 나를 한 번 보러 오기도 할 거고. 그리고 2년이 그렇게 길지도 않대." 앙드레가 감정이 전혀 드러나지 않는 목소리로 말했다. 앙드레는 마치 믿지 않는 교리 문답을 암송하는 것처럼 보였다.

"도대체 왜?" 내가 말했다.

평소 앙드레는 마치 내 귀로 직접 들은 것처럼 느껴지게끔 대화를 아주 명료하게 전해 주곤 했다. 하지만 이번에는 이야기를 불분명하게, 활기 없는 톤으로 전하고 있었다. 파스칼은 앙드레를 다시 만나서 무척 감동한 것처럼 보였고, 사랑한다고 말했지만, 약혼 얘기에는 낯빛이 변했다. "안 돼." 그는 격한 어조로 말했다. "안 돼." 그의 아버지는 아들이 이렇게 젊은 나이에 약혼하는 걸 절대 허락하지 않을 것이었다. 파스칼을 위해 그 모든 희생을 치른 블롱델 씨는 아들이 시험을 준비하는 데 온몸과 영혼을 바칠 거라고 기대할 자격이 있었다. 블롱델 씨 눈에 사랑 문제는 경솔한 일처럼 여겨질 거였다. 나는 파스칼이 아버지를 무척 존경한다는 것을 알고 있었고 그가 처음으로 보인 반응이 아버지의 마음을 아프게 하지 않을까 하는 두려움일 수 있다는 것은 이해할 수 있었다. 하지만 갈라르 부인이 뜻을 굽히지 않을 거라는 걸 알고 나서도 어떻게 아버지의 바람을 우선시할 수 있었을까?

"떠난다는 생각이 널 얼마나 불행하게 하고 있는지 파스칼이 이해했어?"

"모르겠어."

"파스칼한테 말했니?"

"조금."

"더 말했어야 해. 얘기하려고 제대로 시도하지도 않은 게 틀림없어."

"궁지에 몰린 사람 같은 표정을 지었는걸." 앙드레가 말했다. "그게 어떤 건지 난 잘 알아."

앙드레의 목소리가 떨렸고, 나는 앙드레가 파스칼이 하는 말을 거의 듣지 않았고, 파스칼의 말에 반박할 시도를 하지도 않았다는 사실을 이해했다.

"아직 싸울 시간은 남아 있어." 내가 말했다.

"나는 내가 사랑하는 사람들과 싸우면서 평생을 보내야만 하는 거야?"

앙드레가 너무 격렬하게 말해서 나는 고집 부리지 않았다.

나는 생각했다.

"파스칼이 너희 어머니한테 자기 상황에 대해서 설명하는 건 어떨까?"

"제안해 봤는데, 그걸로는 엄마한테 충분하지가 않아. 엄마는 파스칼이 진지하게 나랑 결혼할 생각이었다면 나를 가족들에게 소개했을 거래. 파스칼이 그걸 거절하니까, 남은 건 그냥 관계를 끊는 일밖에 없어. 엄마가 이상한 말을 했어." 앙드레가 말했다.

앙드레는 잠시 생각에 잠겼다.

"엄마가 말했어. '난 널 잘 알아. 내 딸이고, 내 피와 살이니까. 너는 내가 유혹에 노출시켜도 될 만큼 강하지 않지. 네가 유혹에 굴복한다면 그 죄가 내게 떨어지는 게 마땅할 거야.'"

앙드레는 그 말의 숨은 의미를 이해하는 데 내가 도움을 줄 수 있기를 바라듯 나를 물끄러미 바라보았다. 하지만 그 순간 나는 갈라르 부인의 마음속에서 벌어지는 드라마에 대해서는 전혀 관심이 없었다. 앙드레의 체념이 나를 조급하게 만들었다.

"만약 떠나지 않겠다고 하면?"

"떠나지 않겠다고 한다고? 어떻게?"

"힘으로 억지로 배에 태우지는 않을 거 아냐."

"방에 틀어박혀서 단식 투쟁을 할 수는 있겠지." 앙드레가 말했다. "그다음엔? 엄마는 파스칼의 아버지에게 상황을 설명하러 갈 거야⋯⋯."

앙드레는 두 손으로 얼굴을 가렸다.

"난 엄마를 적처럼 생각하고 싶지 않아! 그건 너무 끔찍한 일이야!"

"파스칼이랑 얘기해 볼게." 내가 단호히 말했다. "너는 파스칼한테 말하는 방법을 몰랐던 걸 거야."

"아무 소득도 없을 거야."

"해 보긴 할게."

"해 봐. 하지만 아무 소득도 얻지 못할 거야."

앙드레는 알퐁스 도데 조각상을 굳은 얼굴로 바라보고 있었지만 그녀의 눈은 초췌한 대리석이 아닌 다른 것을 응시하고 있었다.

"하느님은 나를 가로막으셔."

나는 내가 신자이기라도 한 것처럼, 이 신성모독에 몸을 떨었다.

"파스칼이 신성모독을 한다고 말했겠다." 내가 말했다. "하느님이 존재한다면, 하느님은 누구도 가로막는 분이 아니셔."

"우리가 뭘 알아? 그러니까 누가 하느님이 어떤 분인지 이해할 수 있냐고?"

앙드레가 어깨를 으쓱했다.

"아! 어쩌면 하느님은 천국에 나를 위해 좋은 자리를 맡아 놓고 계신지도 모르지. 하지만 지상에서는 나를 가로막고 계셔."

"하지만." 앙드레가 흥분한 목소리로 덧붙였다. "천국에 가 있지만 지상에서도 행복했던 사람들이 있잖아!"

갑자기 앙드레는 울기 시작했다.

"나는 가고 싶지 않아. 파스칼이랑, 엄마랑, 너랑 떨어져서 2년이나. 나한테는 그럴 힘이 없어!"

한 번도, 베르나르와 헤어졌던 그 순간에조차, 나는 앙드레가 우는 것을 본 적이 없었다. 앙드레의 손을 잡아 주거나 어떤 제스처를 취하고 싶었지만 나는 우리가 서로 격식을 차리도록 교육받았던 과거에 얽매여 있었기 때문에, 움직이지 못했다. 나는 앙드레가 뛰어내릴지 고민하며 베타리 성 지붕 위에서 보냈다던 두 시간에 대해 생각했다. 이제 앙드레의 마음속은 그때만큼이나 어두웠다.

"앙드레." 나는 말했다. "넌 떠나지 않을 거야. 내가 파스칼을 설득하지 못할 리가 없으니까."

앙드레가 눈을 훔치고 시계를 보더니 자리에서 일어섰다.

"넌 아무것도 얻지 못할 거야." 앙드레가 되풀이해서 말했다.

나는 그 반대일 거라고 확신했다. 그날 저녁 내가 파스칼에게 전화를 걸었을 때, 그의 목소리는 다정했고 밝았다. 그는 앙드레를 사랑했고 이성적인 방식으로 설득될 수 있는 사람이었다. 앙드레가 실패한 건 질 거라고 생각했기 때문이었다. 하지만 나는 이기고 싶었으므로 설득하는 데 성공할 거였다.

파스칼은 뤽상부르 공원 테라스에서 나를 기다리고

있었다. 파스칼은 언제나 약속에 먼저 나왔다. 나는 자리에 앉았고 우리는 큰 소리로 얼마나 날이 아름다운지에 대해 이야기를 나눴다. 아주 작은 돛단배가 떠다니는 연못 주위의 꽃이 핀 화단은 작은 코로 수를 놓은 것처럼 보였다. 정돈된 화단과 청명한 하늘이 모두 내가 갖고 있는 확신을 굳혀 주었다. 내가 말하려고 하는 건 상식이었고, 진실이었다. 파스칼은 뜻을 굽힐 거야. 나는 공격을 개시했다.

"어제 오후에 앙드레를 봤어."

파스칼이 이해심 있는 표정으로 나를 바라보았다. "나도 앙드레에 대해서 너와 얘기하고 싶었어. 실비, 네가 날 도와줘야 해."

그건 과거에 갈라르 부인이 내게 했던 바로 그 말이었다.

"아냐!" 내가 말했다. "앙드레한테 영국으로 가라고 설득하는 걸 도와주지는 않을 거야. 앙드레가 떠나선 안 돼! 앙드레는 그게 자기한테 얼마나 끔찍한 일인지 얘기하지 않았겠지만 나는 안단 말이야."

"앙드레가 나한테 말했어." 파스칼이 말했다. "그래서 너한테 나를 도와 달라고 말하는 거야. 2년 동안 떨어져 있는 게 전혀 비극적인 일이 아니라는 걸 앙드레가 이해해야만 하니까."

"앙드레한테는 비극적인 일이야." 내가 말했다. "앙
드레는 너만 두고 떠나는 게 아니야. 자기 인생 전부를
두고 떠나는 거라고. 난 지금까지 그렇게나 불행해하
는 앙드레를 본 적이 없어." 나는 격정적으로 덧붙였다.
"네가 앙드레한테 그런 일을 겪게 할 순 없는 일이야!"

"넌 앙드레를 알잖아." 파스칼이 말했다. "앙드레는
언제나 처음엔 모든 일에 지나치게 속상해해. 그다음에
평정심을 찾지."

파스칼이 이어 나갔다.

"앙드레가 내 사랑에 대한 확신을, 미래에 대한 믿음
을 갖고 기꺼이 떠난다면, 떨어져 지내는 게 그렇게 끔
찍하진 않을 거야!"

"네가 앙드레를 떠나게 내버려 두는데 어떻게 너한
테 확신을 갖고, 믿음을 가질 수 있겠니?" 내가 말했다.

나는 깜짝 놀라서 파스칼을 쳐다보았다.

"결국, 앙드레가 완벽히 행복해질지 끔찍하게 불행
해질지는 너한테 달렸는데 넌 앙드레가 불행해지는 쪽
을 선택하겠다는 거구나!"

"아! 넌 모든 걸 단순하게 만드는 재주가 있구나." 파
스칼은 여자아이가 다리 쪽으로 던진 훌라후프를 집어

들어 민첩한 동작으로 다시 굴려 주었다.

"행복, 불행 그런 건 무엇보다 마음 상태의 문제야."

"지금 앙드레의 상태로는, 몇 날 며칠을 울면서 보낼 거야." 내가 말했다. 그리고 화가 나서 덧붙였다.

"앙드레는 너처럼 이성적이지는 않다고! 앙드레는 사랑하면 사랑하는 사람들을 봐야 한다고 느끼는 애야."

"어째서 사랑한다는 이유로 비이성적으로 굴어야 해?" 파스칼이 말했다. "나는 그런 낭만적인 선입견이 싫어."

그가 어깨를 으쓱했다.

"물리적인 의미에서 같이 있는 건 그렇게 중요한 게 아냐. 아니면 지나치게 중요하거나."

"어쩌면 앙드레가 낭만적인 건지도 모르겠고, 틀린 건지도 몰라. 하지만 너는 앙드레를 사랑하니까 이해하려고 해야지. 이성적인 말들로 그 앨 바꿀 수는 없을 거야."

나는 걱정스럽게 헬리오트로프와 샐비어가 핀 화단을 바라보았다. 그리고 갑작스럽게 깨달았다. '이성적인 말들로 파스칼을 바꿀 수는 없겠구나.'

"어째서 아버지에게 얘기하는 게 그렇게나 겁이 나?"

"겁이 나는 게 아니야." 파스칼이 말했다.

"그럼 뭐야?"

"앙드레에게 설명했어."

"앙드레는 아무것도 이해하지 못했어."

"이해하려면 아버지를 그리고 나와 아버지의 관계가 어떤지를 알아야 해." 파스칼이 말했다.

파스칼이 나를 비난하는 눈으로 쳐다보았다.

"실비, 너는 내가 앙드레를 사랑하는 거 알잖아. 아냐?"

"네가 아버지에게 조금도 걱정을 끼치기 싫어서 앙드레를 절망스럽게 만들고 있다는 건 알아." 내가 조급한 마음에 덧붙였다. "그러니까! 너희 아버지도 네가 언젠가는 결혼할 거라는 건 아실 거 아냐!"

"아버지는 내가 이렇게 어린 나이에 약혼하는 게 말이 안 된다고 생각하실 거야. 앙드레에 대해서 아주 안 좋게 생각하실 거고. 그리고 나를 존중하던 마음을 다 잃으시겠지."

다시 한번 파스칼이 내 눈을 쳐다보았다.

"믿어 줘. 난 앙드레를 사랑해. 앙드레가 나한테 부탁하는 걸 거절할 때는 심각한 이유가 있기 때문이야."

"난 이해를 못 하겠어."

파스칼은 할 말을 찾다가, 속수무책이라는 듯한 제스처를 했다.

"우리 아버지는 나이가 드셨고, 지쳐 있으셔. 나이 드는 건 슬픈 일이야." 그가 동요된 목소리로 말했다.

"적어도 아버지께 상황은 말씀드려 봐. 앙드레가 그런 유배 생활을 견디지 못할 거라고 알려 드려."

"아버지는 사람들은 모든 걸 다 견뎌 낸다고 말씀하실 거야." 파스칼이 말했다. "아버지 자신도 많은 걸 견디셨단 말이야. 아버지는 틀림없이 그렇게 떨어져 지내는 게 바람직한 일이라고 생각하실 거야."

"대체 왜?"

내가 말했다.

나는 파스칼에게서 나를 두렵게 만들기 시작하는 완고함을 느꼈다. 하지만 우리의 머리 위에 하늘이 하나밖에 없듯 진실도 하나밖에 없었다. 어떤 생각이 떠올랐다.

"누나한테는 얘기했어?"

"누나? 아니. 왜?"

"누나한테 말해 봐. 어쩌면 누나는 아버지께 말씀드릴 수 있는 방법을 생각해 낼 수도 있잖아."

파스칼은 잠시 입을 다물었다.

"내가 약혼하면 누나는 아버지보다 더 속상해할 거야."

나는 엠마 언니를, 언니의 넓은 이마와 하얀 누비천으로 된 옷깃이 달린 남색 원피스를, 파스칼과 이야기할 때면 파스칼의 주인이라도 되는 듯이 행동하던 분위기를 떠올렸다. 확실히 엠마 언니는 우리 편이 아니었다.

"아! 네가 두려워하는 건 누나구나?"

"왜 이해하려고 하질 않는 거야?" 파스칼이 말했다. "난 나를 위해 그렇게 많은 걸 한 아버지도, 누나도 괴롭게 하고 싶지 않은 거야. 그러고 싶지 않은 게 나한텐 정상 같은데."

"너희 누나도 네가 사제가 될 거라고 여전히 기대하는 건 아니지?"

"그건 아니야." 파스칼은 망설였다.

"나이 드는 건 즐거운 일이 아니야. 노인이랑 같이 사는 것도 즐거운 게 아니지. 내가 없어지면 누나한테는 집이 너무 슬퍼질 거야."

그랬다, 엠마 언니의 입장은 이해가 되었다. 블롱델 씨의 입장보다는 훨씬 더. 파스칼이 앙드레와의 사랑을 비밀로 하려고 하는 건 사실 무엇보다 누나 때문이 아닐까 하는 생각이 들었다.

"아버지도 누나도 언젠가는 네가 떠나는 걸 받아들여야 할 거야." 내가 말했다.

"나는 앙드레에게 그저 2년간 인내심을 갖자고 부탁하는 것뿐이야."파스칼이 말했다. "그러면 아버지도 내가 결혼할 마음먹는 게 정상이라고 느끼실 거야. 누나는 그 생각에 조금 더 익숙해져 있겠지. 지금 그러는 건 괴로운 일일 뿐이야."

"앙드레한테는 떠나는 게 괴로운 일이야. 누군가는 괴로움을 겪어야 하는데 그게 꼭 앙드레여야 하는 거야?"

"앙드레랑 나한테는 앞으로의 인생과 우리가 나중에 행복해질 거라는 확신이 있잖아. 아무것도 갖지 못한 사람들을 위해서 잠깐 정도는 희생해도 돼."파스칼이 약간 화가 난 말투로 말했다.

"앙드레가 너보다 더 고통스러워할 거야."내가 말했다. 그리고 나는 파스칼을 적의에 찬 눈으로 바라보았다.

"앙드레는 젊지. 그래, 그 말은 앙드레의 혈관 속에 피가 흐르고 있단 말이야, 앙드레는 살고 싶어 해……."

파스칼이 고개를 끄덕였다.

"그것도 우리가 떨어져 지내는 게 틀림없이 더 나은 또 하나의 이유야."

나는 어리둥절했다.

"무슨 말인지 모르겠는데." 내가 말했다.

"실비, 어떤 면에서 넌 또래보다 늦되지?" 파스칼은 오래전 내 고해를 듣던 도미니크 신부 같은 톤으로 내게 말을 했다.

"그리고 네겐 신앙심이 없어. 그러니까 어떤 문제들을 이해할 수 없는 거야."

"예를 들면?"

"기독교인들한테는 약혼을 해서 너무 가까워지는 게 쉬운 문제가 아니야. 앙드레는 진짜 여자야, 육체를 가진 여자. 우리가 굴복하지 않는다 하더라도 유혹은 끊임없이 존재할 거야. 그리고 그런 식의 강박을 갖는 것은 그 자체로 죄악이야."

내 얼굴이 붉어지는 게 느껴졌다. 이런 이유를 댈 거라곤 예상하지 못했고, 그것에 대해 생각하는 것도 싫었다.

"앙드레가 위험을 감수할 준비가 되어 있으면 앙드레를 대신해 네가 결정해서는 안 되지." 내가 말했다.

"아냐. 앙드레 자신으로부터 앙드레를 지켜 주는 게 내 역할이야. 앙드레는 너무 관대하니까 사랑 때문이라면 지옥에라도 떨어지려 할 거야."

"불쌍한 앙드레! 모든 사람들이 앙드레를 구원받게

하고 싶어 하는구나. 앙드레가 그토록 원하는 것은 이 지상에서 조금이라도 행복해지는 것인데!"

"앙드레는 나보다 죄악감을 더 많이 가지고 있어." 파스칼이 말했다. "유년 시절에 있었던 순진한 일만으로도 앙드레가 얼마나 가책을 느끼며 괴로워했는지 봤단 말이야. 만약 우리의 관계가 어떤 식으로든 불순해지면 앙드레는 그것 때문에 스스로를 용서하지 못할 거야."

내가 이 싸움에서 지고 있다는 게 느껴졌다. 불안한 마음이 나에게 힘을 주었다.

"파스칼." 내가 말했다. "들어 봐. 나는 앙드레랑 한 달을 함께 보냈어. 앙드레는 한계에 달해 있어. 육체적으로는 조금 회복했지만 앙드레는 다시 먹지도 자지도 못하게 되고 결국 병이 나겠지. 정신적으로도 한계야. 자기 발을 도끼로 베려면 그 애가 어떤 상태였을지 상상이 돼?"

단숨에 나는 지난 5년간 앙드레의 삶이 어땠는지를 요약했다. 베르나르와의 이별로 인한 고통, 자기가 살고 있는 세계의 진실을 발견하면서 느끼게 된 실망, 자신의 양심과 마음에 따라 행동할 권리를 갖기 위해 엄마에게 맞서 싸워야 했던 일, 앙드레가 승리를 얻었다 해도 그 모든 것은 양심의 가책에 의해 오염되었고, 아주 작은 욕망 속에서도 앙드레는 죄악을 의심해야 했다. 말을 하면 할수록 나는 앙드레가 내게 한 번도 드러내 보여 준 적 없지만 앙드레의 말들을 통해 내가 막연히 느끼고 있었던 절망의 심연을 어렴풋이 느끼게 됐다. 나는 겁이 났고 파스칼 역시 두려움을 느껴야 마땅한 것 같았다.

"지난 5년간 매일 밤 앙드레는 죽고 싶어 했어." 내가 말했다. "저번에는 얼마나 절망을 했으면 나한테 하느님이 자기를 가로막는다고 말하기까지 했다고!"

파스칼이 고개를 저었다. 그의 안색은 바뀌지 않았다.

"나도 너만큼 앙드레에 대해서 잘 알아." 그가 말했다. "어쩌면 더 잘 알 수도 있지. 나는 네게는 금지된 영역에도 따라갈 수 있으니까. 앙드레가 많은 노력들을 요구받긴 했어. 하지만 네가 모르는 건 하느님은 시험하시는 만큼 은총을 베풀어 주신다는 거야. 앙드레한테는 네가 짐작하지 못하는 기쁨과 위안이 있어."

내가 졌다. 나는 서둘러 파스칼 곁을 떠나 거짓된 하늘 아래를 고개 숙인 채 걸었다. 파스칼을 설득할 다른 근거들이 내 마음에 떠올랐지만 그것들 역시 아무 소용 없었을 것이다. 이상한 일이었다. 우리는 수많은 토론을 했고, 항상 우리 중 한 사람이 다른 사람을 설득하곤 했다. 오늘은 아주 실제적인 일이 걸려 있었는데, 우리 안에 있는 완고한 믿음 앞에서 모든 논리는 무너져 내렸다. 그날 이후 나는 파스칼이 그렇게 행동하는 진짜 이유가 무엇일까에 대해서 자주 생각했다. 파스칼을 두렵게 하는 건 아버지일까 아니면 누나일까? 파스칼은 유혹과 죄악에 대한 그 이야기를 믿는 걸까? 아니면 모든 건 그저 핑계일 뿐일까? 어른의 삶에 벌써부터 속박되기가 싫은 걸지도? 그는 언제나 미래를 생각할 때 두려움을 느껴 왔다. 아! 갈라르 부인이 약혼을 생각해 내지만 않았더라면 이런 문제가 없었을 텐데. 파스칼은 2년 동안 평온히 앙드레와 만날 수 있었을 것이다. 그들의 사랑에 대해 진지하게 설득되었을 것이고 성인 남자가 된다는 생각에 익숙해졌을 것이다. 그렇다고 파스칼의 완고한 태도에 화가 덜 나는 건 아니었다. 나는 갈라르 부인에게도, 파스칼에게도 그리고 나 자신에게도 화가 났다. 앙드레에 대해 모르는 것이 여전히 너무 많았고, 그래서 내가 앙드레에게 진정한 도움이 되어 줄 수 없었기 때문이다.

앙드레가 나와 만날 짬을 다시 내기까지 사흘의 시간이 흘렀다. 앙드레는 내게 프랭탕 백화점의 찻집에서 만나자고 했다. 내 주변에서는 향수 뿌린 여자들이 케이크를 먹으며 물가에 대한 이야기를 하고 있었다. 태어났을 때부터 그들을 닮도록 운명 지어져 있었지만, 앙드레는 그들과 닮은 데가 없었다. 앙드레에게 무슨 말을 해야 할지 고민이 되었다. 나는 나 자신을 위로할 말조차 찾지 못했으니까.

앙드레가 경쾌한 발걸음으로 다가왔다.

"좀 늦었어!"

"괜찮아."

앙드레는 지각이 잦았는데, 그건 미안해하지 않아서가 아니라, 여러 미안한 마음 사이에서 갈피를 잡지 못했기 때문이었다.

"여기서 보자고 해서 미안해. 그치만 시간이 너무 없어." 앙드레가 테이블 위에 가방과 샘플 더미를 내려놓으며 말했다.

"벌써 가게를 네 군데나 돌았어."

"엄청나구나!" 내가 말했다.

나는 그 루틴을 알았다. 갈라르 씨네 꼬마들에게 코트나 원피스가 필요해지면 앙드레는 백화점과 전문 상점을 돌았다. 그런 다음 앙드레가 집에 샘플들을 가져가면 가족들의 조언을 받은 후 갈라르 부인은 상품의 질과 가격을 고려해 천을 골랐다. 이번에는 결혼식용

의상을 제작하기 위한 것이었으니 가볍게 결정할 문제
가 아니었다.

"너희 부모님한테 100프랑 싸고 비싸고는 문제도 안
되잖아." 내가 참지 못하고 말했다.

"안 되지. 그렇지만 우리 부모님은 돈을 낭비해서는
안 된다고 생각하셔." 앙드레가 말했다.

앙드레가 골치 아픈 쇼핑을 하면서 지치고 지루해하
지 않을 수 있다면 낭비가 아닐 거라고 나는 생각했다.
앙드레의 눈 밑은 다크서클로 거무죽죽했고, 분은 창백
한 피부 위에 거칠게 떴다. 그렇지만 놀랍게도 앙드레
는 미소를 짓고 있었다.

"이 푸른색 실크 원단으로 옷을 만들어 입히면 쌍둥
이들이 귀여울 것 같아."

나는 무심하게 동의했다.

"피곤해 보여." 내가 말했다.

"백화점에 있으면 언제나 머리가 아파. 아스피린을
먹어야겠어."

앙드레는 물 한 잔과 차를 주문했다.

"병원에 가 봐. 너 두통이 너무 잦은 것 같아."

"아! 그냥 편두통이야. 아프다 말다 하는데 나한텐 익
숙해." 앙드레가 물에 약 두 알을 타면서 말했다. 앙드

레는 물을 마시고 또다시 미소를 지었다.

"파스칼이 너랑 한 대화에 대해서 얘기해 줬어." 앙드레가 말했다. "파스칼은 네가 자기를 나쁘게 생각하는 것 같아서 마음이 좀 안 좋대."

앙드레는 나를 심각한 표정으로 바라보았다.

"그러면 안 돼!"

"나쁘게 생각하지 않아." 내가 말했다.

나한테는 더 이상 선택지가 없었다. 떠나기로 한 이상, 앙드레는 파스칼을 신뢰하는 편이 더 나았다.

"내가 뭐든 과장하는 건 사실이잖아. 난 나한테 힘이 없을 거라고 생각하지만, 사실 우리한텐 언제나 힘이 있고."

앙드레는 안절부절못하고 손가락을 교차했다 풀기를 반복했지만 얼굴은 차분했다.

"내가 불행한 건 믿음이 부족하기 때문이야." 앙드레가 덧붙였다. "엄마를 믿어야 하고, 파스칼을 믿어야 하고, 하느님을 믿어야 하는데. 그러면 서로가 서로를 싫어하지 않는다는 걸, 아무도 내가 불행하길 원하지 않는다는 걸 알 수 있을 텐데."

앙드레는 나에게라기보다는 자기 자신에게 말하는 것처럼 보였다. 그러는 건 앙드레답지 않았다.

"응." 내가 말했다. "파스칼이 너를 사랑하고, 결국 너희는 결혼할 거라는 거 알고 있지? 2년은 그렇게 길지 않아……."

"내가 떠나는 게 더 나아." 앙드레가 말했다. "엄마랑 파스칼이 옳아. 나도 그걸 잘 알고 있고. 육체가 죄악이라는 것도 잘 알아. 그러니까 육체를 멀리해야지. 상황을 직면할 수 있는 용기를 가져야 해." 앙드레가 말했다.

나는 아무런 대답을 하지 않았고, 다시 물었다.

"거기서는 좀 자유롭게 있을 수 있어? 널 위한 시간을 가질 수 있니?"

"강의를 몇 개 들을 거지만 시간은 많을 거야." 앙드레가 말한 후 차를 한 모금 마셨다. 앙드레의 손이 차분해졌다.

"그런 의미에서 보면, 영국에서 시간을 보낸다는 건 기회야. 파리에 남아 있었으면 나는 끔찍한 삶을 살았을 테니까. 케임브리지에서는 숨을 쉴 수 있겠지."

"잘 자고 잘 먹어야 해." 내가 말했다.

"걱정 마. 분별력 있게 행동할게. 그렇지만 나는 일을 하고 싶어." 앙드레가 활기찬 목소리로 말했다.

"영국 시인들의 책을 읽을 거야. 무척 아름다운 시들이 있잖아. 어쩌면 몇 편 번역해 볼지도 모르지. 그리고 무엇보다 영국 소설들을 공부하고 싶어. 소설에 대해서 해야 할 말이 많이 있을 것 같아. 이제껏 아무도 아직 말해 본 적 없는 것들 말야."

앙드레가 미소를 지었다.

"아직은 생각들이 불분명하지만 요즘엔 아이디어들이 많이 떠올라."

"나랑도 같이 얘기해."

"나도 너랑 얘기하고 싶어."

앙드레가 찻잔을 비웠다.

"다음에, 시간을 좀 더 내볼게. 5분 만나자고 번거롭게 만들어서 미안해. 그렇지만 더 이상은 나 때문에 걱정하지 않아도 된다고 말해 주고 싶었어. 나는 일들이 순리대로 일어난다는 걸 이해했거든."

나는 앙드레와 함께 찻집을 나섰고, 사탕 매대 앞에서 헤어졌다. 앙드레가 나를 향해 용기를 북돋아 주는 커다란 미소를 지었다.

"전화할게. 곧 보자!"

＊ ＊ ＊

이후에 벌어진 일들에 대해서는 파스칼의 입을 통해서 들었다. 나는 파스칼에게 그 장면을 아주 자주, 아주 자세히 이야기하게끔 했기 때문에, 어디까지가 나의 기억이고 어디서부터가 파스칼이 해 준 이야기인지 구별이 잘되지 않는다. 그 일이 벌어진 건 이틀 후, 늦은 오후의 일이었다. 블롱델 씨는 서재에서 과제들을 채점하고 있었고, 엠마 언니는 채소 껍질을 벗기고 있었다. 파스칼은 아직 집에 들어오지 않았다. 누군가가 초인종을 눌렀다. 엠마 언니가 손의 물기를 닦은 후 문을 열러 나갔다. 엠마 언니의 눈앞에는 회색 투피스를 제대로 갖춰 입었지만 모자를 쓰고 있지 않은 짙은 색 머리의 젊은 여자가 있었는데, 그 시절의 관습을 생각하면 그건 놀라운 일이었다.

"블롱델 씨와 얘기를 나누고 싶어요." 앙드레가 말했다.

엠마 언니는 아버지의 옛날 제자이겠거니 생각했고 앙드레를 서재로 데려갔다. 블롱델 씨는 손을 내밀며 자기 쪽으로 다가오는 미지의 젊은 여자를 놀라서 바라보았다.

"안녕하세요, 저는 앙드레 갈라르입니다."

"실례합니다만." 악수를 하며 블롱델 씨가 말했다. "누구신지 제가 기억하지 못하는군요."

앙드레는 앉아서 거침없이 다리를 꼬았다.

"파스칼이 저에 대해서 얘기하지 않던가요?"

"아! 파스칼의 학교 친구인가요?" 블롱델 씨가 물었다.

"학교 친구는 아니에요." 앙드레가 말하고는 주위를 둘러보았다.

"파스칼은 집에 없나요?"

"없는데요……."

"어디에 갔나요?" 앙드레가 걱정스럽게 물었다.

"벌써 하늘나라에 간 건가요?"

블롱델 씨는 앙드레를 주의 깊게 바라보았다. 앙드레의 양 볼은 달아올라 있었고, 열나는 게 눈에 보였다.

"곧 돌아올 거예요."

"상관없어요. 아버님을 뵈러 온 거니까요." 앙드레가 그렇게 말하더니 몸을 떨었다.

"아버님은 제 얼굴에 죄의 낙인이 찍혀 있는지 확인하려고 저를 보고 계시는 건가요? 저는 죄인이 아니라고 맹세할 수 있어요. 저는 언제나, 언제나 죄를 짓지 않으려고 노력했는걸요."

"아주 착한 아가씨처럼 보이는군요." 뜨거운 숯 위에 있는 것처럼 느끼기 시작한 블롱델 씨가 더듬거리며 말했다. 게다가 그는 귀가 잘 안 들리기까지 했다.

"저는 성녀가 아니에요." 앙드레가 말하며 손으로 이마를 쓸었다. "저는 성녀가 아니지만 파스칼한테 해를 끼치진 않을 거예요. 제발 부탁드려요. 저를 떠나게 하지 말아 주세요!"

"떠나다니요? 어디로 말입니까?"

"모르시는군요. 아버님이 억지로 떠나게 하시면 저희 엄마는 저를 영국으로 보내려고 하세요."

"억지로 그러지 않아요." 블롱델 씨가 말했다. "오해가 있는 것 같군요."

그 단어가 블롱델 씨를 안심시켰다. 그가 되풀이해 말했다.

"오해가 있는 것 같아요."

"저는 집안을 돌볼 줄 알아요." 앙드레가 말했다. "파스칼한테는 부족한 게 없을 거예요. 그리고 저는 사교생활을 좋아하지도 않아요. 바이올린 연습할 시간이랑 실비를 만날 시간만 제게 주어진다면 더는 바라지도 않아요."

앙드레가 근심하는 표정으로 블롱델 씨를 바라보았다.

"제가 분별력 있다고 생각하지 않으신가요?"

"아주 분별력이 있어요."

"그렇다면 왜 저를 반대하시나요?"

"아가씨, 되풀이해서 말하지만 오해가 있는 듯해요. 나는 아가씨를 반대하지 않아요." 블롱델 씨가 말했다.

그는 이 이야기를 하나도 이해할 수 없었지만 열로 뺨이 붉게 달아오른 이 젊은 아가씨가 안쓰러워 보였다. 그는 앙드레를 안심시키고 싶었고, 그의 확신에 찬 말에 앙드레의 얼굴이 조금 풀어졌다.

"정말요?"

"맹세해요."

"그러면 우리가 아이들을 갖는 것도 반대하지 않으시나요?"

"당연히 아니지요."

"일곱 명은 너무 많아요." 앙드레가 말했다. "잘못되는 아이가 틀림없이 있을 거예요. 셋이나, 넷 그 정도가 좋아요."

"무슨 일인지 얘기해 줄 수 있을까요?" 블롱델 씨가 말했다.

"네." 앙드레가 대답했다. 앙드레는 잠깐 동안 생각에 잠겼다.

"그러니까, 저는 떠날 수 있는 힘을 가져야만 한다고 계속 생각했어요. 힘을 가질 수 있을 거라고요. 그런데 오늘 아침에 눈을 떴을 때 저는 그럴 수 없다는 걸 알게 됐어요. 그래서 아버님께 저를 불쌍히 여겨 달라고 부탁드리러 온 거예요."

"난 아가씨의 적이 아니에요." 블롱델 씨가 말했다.

"얘기를 계속해 봐요."

앙드레는 비교적 조리 있게 이야기를 했다. 파스칼은 문틈으로 들려오는 앙드레의 목소리에 깜짝 놀랐다.

"앙드레!" 파스칼이 서재 안으로 들어오며 책망하듯 말했지만 그의 아버지가 손짓으로 그를 만류했다.

"갈라르 양이 내게 할 말이 있었어. 아가씨를 알게 되어 참 기쁘구나." 블롱델 씨가 말했다. "그런데 갈라르 양은 지쳐 있어. 열도 나고. 어머니 댁으로 모셔다드리거라."

파스칼이 앙드레 곁으로 다가가 손을 잡았다.

"그래, 너 열이 나." 파스칼이 말했다.

"난 아무렇지도 않아. 아주 행복하거든. 너희 아버지가 나를 싫어하지 않으신대!"

파스칼이 앙드레의 머리카락을 만졌다.

"기다려. 내가 택시를 부를게."

그의 아버지가 파스칼을 따라 곁방으로 나가 앙드레와 있었던 일에 대해서 이야기했다.

"왜 나한테 아무 얘기도 하지 않았냐?"

아버지가 나무라며 물었다.

"확실히 제가 잘못한 것 같아요."

파스칼은 갑자기 알 수 없고 가혹하며 견딜 수 없는 무언가가 목구멍에 치미는 듯한 느낌을 받았다. 앙드레는 눈을 감고 있었고, 그들은 차가 오기를 말없이 기다렸다. 파스칼이 계단을 내려가기 위해 앙드레의 팔을 붙잡았다. 택시 안에서 앙드레는 그의 어깨에 머리를 기댔다.

"파스칼, 너는 왜 한 번도 나한테 입을 맞추지 않아?"

그가 입을 맞췄다.

파스칼은 갈라르 부인에게 상황을 간략히 설명했고, 그들은 앙드레의 침대맡에 앉았다. "떠나지 않아도 된단다. 얘기가 다 잘되었어." 갈라르 부인이 말했다. 앙드레가 미소를 지었다.

"샴페인을 주문해야겠네요." 앙드레가 말했다.

그 이후 앙드레는 정신착란을 일으키기 시작했다. 의사가 진정제를 처방했다. 뇌막염이나 뇌염에 대해서 말했지만 확실히 진단을 내리진 못했다.

갈라르 부인의 속달우편에 따르면 앙드레는 밤새 정신착란에 시달렸다. 의사들은 앙드레를 격리시켜야 한다고 했고, 생제르맹 엉 레의 병원에 입원시켰으며 그곳에서 열을 떨어트리기 위해 백방으로 노력했다. 앙드레는 간호사와 사흘 동안 단둘이 지냈다.

앙드레는 헛소리를 하는 중에 "파스칼과 실비, 바이올린 그리고 샴페인을 원해요."라는 말을 반복했다. 열은 떨어지지 않았다.

갈라르 부인은 나흘째 되는 날 밤 앙드레를 간호했고 이튿날 아침, 앙드레는 엄마를 알아보았다.

"저는 죽나요?" 앙드레가 물었다. "결혼식 전에 죽을 순 없어요. 쌍둥이들이 파란 실크 옷을 입으면 아주 귀여울 텐데."

앙드레는 너무 쇠약해져서 말을 거의 하지 못했다. "제가 파티를 망치겠네요! 저는 다 망쳐요! 엄마한테 근심거리를 안겨 드리기만 했어요!" 앙드레는 같은 말을 몇 번이나 반복했다.

조금 후 앙드레가 어머니의 손을 잡았다.

"슬퍼하지 마세요. 어느 가족에나 잘못되는 아이는 있게 마련이잖아요. 제가 그런 애였던 거예요."

앙드레가 다른 말을 더 했을 수도 있지만 갈라르 부인은 파스칼에게 전하지 않았다. 내가 열 시경 병원에 전화를 걸었을 때, 누군가가 말했다. "끝났어요." 의사들은 여전히 진단을 내리지 못했다.

내가 다시 만난 앙드레는 병원의 성당 안, 꽃과 초에 둘러싸인 바닥 한가운데 눕혀져 있었다. 앙드레는 까끌까끌한 천으로 만든 긴 잠옷 중 하나를 입고 있었다. 머리카락은 자라나 있었고, 너무 말라 특징을 거의 알아볼 수 없는 누런 얼굴 주위로 뻣뻣한 타래를 이루며 늘어져 있었다. 손톱이 길고 창백한 두 손은 십자가 위에 교차되었는데, 아주 오래된 미라의 것처럼 부서지기 쉬워 보였다.

앙드레는 선조들의 유해가 있는 베타리의 아주 작은 묘지에 묻혔다. 갈라르 부인은 흐느껴 울었다. "우리는 하느님 손안에 있는 도구들이었을 뿐이야." 갈라르 씨가 부인에게 말했다. 무덤은 새하얀 꽃으로 뒤덮였다.

나는 어렴풋이, 앙드레가 죽은 건 이 순백색에 의해 질식했기 때문이라는 사실을 이해했다. 기차를 타러 가기 전, 나는 얼룩 하나 없이 순결한 꽃 더미 위에 새빨간 장미 세 송이를 올려놓았다.

실비 르 봉 드 보부아르의 말

아델린 데지르 가톨릭 학교에 다니는 아홉 살 시몬 드 보부아르 곁에는 짧은 갈색 머리의 여자아이가 자리를 차지하고 있다. 그녀의 이름은 엘리자베스 라쿠앵, 보부아르보다 며칠 먼저 태어난 그녀는 일명 '자자'라고 불린다. 꾸밈없고, 익살스럽고, 대담한 그녀는 그들이 처한 보수적인 분위기와 뚜렷한 대조를 이룬다. 새 학기가 시작되었을 때, 자자는 학교에 오지 않는다. 침울하고 견디기 힘들어진 세상은 어둠에 잠기고, 자자가 뒤늦게 갑자기 모습을 다시 나타냈을 때, 그녀와 함께 태양과 기쁨, 행복이 다시 찾아온다. 그녀의 재기발랄한 성격과 다양한 재능은 시몬을 사로잡고, 시몬은 자자를 동경하며 마음을 빼앗긴다. 그녀들은 1등의 자리를 다투고, 둘도 없는 사이가 된다. 사랑하는 젊은 어머니와 존경하는 아버지, 말 잘 듣는 여동생으로 이루어진 가족 안에서 시몬이 행복한 삶을 살지 않았던 것은 아니다. 하지만 이 열 살짜리 작은 여자아이에게 일어나고 있는 일은 처음 경험하는 사랑의 모험이다. 자자에게 느끼는 감정은 열정적이고, 시몬은 자자를 숭배하며, 실망시킬까 봐 두려움에 몸을 떤다. 물론, 애처로울 만큼 취약한 유년이라는 시기를 통과하고 있기 때문에 벼락처럼 그녀에게 찾아온 조숙한 감정을 그녀는 이해하지 못하고, 그 감정을 발견하는 과정을 보며 감동받는 건 목격자인 우리뿐이다. 자자와 단둘이 나누는 긴 대화는 시몬에게 무한히 귀중한 것이 된다. 아! 자신이 받은 교육에 속박되어, 허물없이 지내지 못하고, 서로에게 예의를 갖추는 말투를 쓰지만, 이러한 신중한 태도에도 불구하고 그녀들은 시몬이 다른 누구와도 경험한 적 없는 방식으로 대화를 나눈다. 관습적으로 붙인 친구라는 이름 아래서 어린 심장을 황홀함과 경탄으로 불붙이고 있는 이 이름 없는 감정이 사랑이 아니라면 무엇이란 말인가? 그녀는 금세 자자가 자기와 같은 감정을 가지고 있지 않다는 것을, 자기 감정이 얼마나 강렬한지 짐작도 하지 못한다는 것을 알게 되지만 사랑한다는 찬란함 앞에서 그것이 무슨 상관이란 말인가?

스물두 살이 되기 한 달 전인 1929년 11월 25일, 자자는 갑자기 죽는다. 예견하지 못한 파국으로, 시몬 드 보부아르는 이 일에 사로잡혀 있다. 오랫동안 그녀의 친구는 보부아르의 꿈속에 다시 찾아왔다. 누렇게 뜬 얼굴로 분홍색 챙 넓은 여성용 모자를 쓴 채, 비난하는 얼굴로 그녀를 바라보며. 허무와 망각을 없애기 위해서는 하나의 수단밖에 없었다. 문학이라는 마법. 네 번, 다양한 방식으로, 미발표된 젊은 시절의 소설들과, 단편집『영성이 우위를 차지할 때』, 보부아르에게 공쿠르 문학상을 안겨 준『레 망다랭』의 삭제된 페이지까지, 총 네 번에 걸쳐서 보부아르는 자자를 부활시키려 했지만 실패했다. 같은 해, 그녀는 짧은 소설의 형태로 그 이야기를 되풀이하는데, 그 소설은 지금까지 출간되지 않았다. 작가가 제목을 붙이지 않은 채 남겨 두었던, 지금 우리가 출간하는 이 소설이 바로 그 원고다. 마지막으로 시도한 이 허구의 이야기에 대해 보부아르는 만족하지 않았지만 이 작품은 중요한 방향 전환을 통해서 그녀가 문학적 변신을 하게끔 이끈다. 1958년,

보부아르가 자자의 삶과 죽음을 자서전 속에 포함시키게 된 것이다. 그 작품이 『정숙한 처녀의 회고록』이다.

시몬 드 보부아르가 완성한 후 보관하고 있던 이 소설에 대해 작가 자신은 비판적인 태도를 취했지만 이 소설은 커다란 가치를 지니고 있다. 미스터리를 둘러싼 질문은 고조되고, 그것에 접근하는 각도와 관점, 시각은 다양해진다. 자자의 죽음은 여전히 부분적으로 미스터리로 남아 있다. 1954년과 1958년에 쓴 두 편의 글이 자자의 죽음에 대해 비추는 빛은 서로 정확히 포개지지 않는다. 위대한 우정이라는 주제가 처음으로 다뤄진 것은 이 소설에서다. 몽테뉴로 하여금 라 보에시와 자기 자신에 대해 글을 쓰게 만든, 사랑만큼이나 불가사의한 우정. "왜냐하면 그였기 때문에, 나였기 때문에."* 자자의 소설적 현현인 앙드레 옆에는, "나"라고 말하는 화자이자 친구인 실비가 있다. "둘도 없는 두 사람"은 인생에서 그랬던 것처럼 소설 속에서도 사건들에 맞서기 위해 다시 뭉친다. 하지만 우정이라는 프리즘을 통해,

---

* 몽테뉴와 에티엔 라 보에시는 1558년에 만나 5년 동안 특별한 우정을 맺었고, 그들의 우정은 자자처럼 라 보에시가 1563년에 갑작스럽게 죽음을 맞이해 끝난다.

사건들에 대해 이야기하고, 사건들의 해소할 수 없는 모호함을 대조 기법을 사용해 드러내는 사람은 실비다.

소설이라는 장르를 선택했다는 것은 해독이 필요하게끔 여러 가지를 수정하고 가공했다는 의미다. 소설 속의 인물들과 장소들이 지닌 고유명사, 가족들이 처한 상황은 현실과 다르다. 앙드레 갈라르는 엘리자베스 라쿠앵을 대신하고 실비 르파주는 시몬 드 보부아르를 대신한다. 갈라르 가족에는 (『정숙한 처녀의 회고록』에서는 '마비유'로 등장한다) 한 명의 아들을 포함한 일곱 명의 아이들이 있지만 라쿠앵 가족에는 여섯 명의 딸과 세 명의 아들로 이루어진 아홉 명의 아이들이 있었다. 시몬 드 보부아르는 여동생이 한 명 있지만, 실비에게는 두 명이 있다. 물론 우리는 소설 속 아델라이드 학교의 모습에서 실제로 생제르맹 데프레의 자코브 거리에 위치한 그 유명한 데지르 학교를 쉽게 알아볼 수 있다. 선생님들이 이 두 여자아이들에게 "둘도 없는 사이"라고 이름을 붙인 장소가 바로 그곳이다. 현실과 허구 사이에 다리를 놓아 주는 표현이기 때문에 이 표현을 이제부터 이 소설의 제목으로 삼기로 한다. 파스칼 블롱델은 아버지를 여읜 후, 어머니와 함께 살며 친밀한 관계였고, 소설 속 엠마와는 닮은 구석이 별로 없긴 하지만 누나와 함께 살았던 모리스 메를로 퐁티*(『정숙한 처녀의 회고록』에서는 '프라델'이다)를 대신한다. 리무쟁에 있는 메리냑 농지는 사데르낙으로 바뀌었고, 베타리는 시몬 드 보부아르가 두 번 머문 적 있는 가뉴팡을 가리키는데, 이곳은 라쿠앵 가족이 소유하고 있던 두 저택 중 하나로 랑드 지방에 위치하고 있다. 생팡들롱의 오바르댕에 위치한 남은 한 저택에는 자자가 묻혀 있다.

자자는 무엇 때문에 죽었나?

냉혹하고 과학적이며 객관적인 사실에 따르면 바이러스에 의한 뇌염 때문이다. 하지만 도대체 어떤 치명적인 연쇄가 과거에서부터 이어져 그녀의 전 존재를 사슬로 옥죄어 왔기에 자자는 결국 미쳐 죽을 정도로 쇠약해지고 지치고 절망하게 된 것일까? 시몬 드 보부아르는 대답할 것이다. 자자는 특별했기 때문에 죽은 것이라고. 자자는 살해되었고, 그녀의 죽음은 "영성에 의한 범죄"다.

자자는 자기 자신으로 있고자 했기 때문에 그리고 그

* 프랑스 철학자 겸 현상학자.

러려는 게 나쁜 것이라고 설득당했기 때문에 죽었다.
그녀가 1907년 12월 25일 태어난 강경파 가톨릭 부르주
아 계급에서는 그리고 완고한 전통을 따르는 그녀의 가
족 안에서는 여자아이의 의무란 자기 자신을 잊어 버리
고 포기하며 상황에 적응하는 것이다. 자자는 특별했
고—벌집 구멍 중 하나가 각자를 기다리고 있는, 이미
만들어진 거푸집 안에 자기 자신을 끼워 맞추는 것을
의미하는 불길한 용어인—"상황에 적응"할 수 없었기
때문에 죽었다. 틀에서 넘치는 것은 압축되고, 짓눌리
고, 쓰레기처럼 버려진다. 자자는 자신을 끼워 맞출 수
없었고, 그녀의 고유성은 부서졌다. 바로 거기에 범죄
가, 살인이 있다. 시몬 드 보부아르는 가뉴팡에서 가족
사진을 찍는 장면을 공포와 비슷한 감정을 느끼며 기억
했다. 아홉 명의 아이들은 나이 순서대로 섰고 여섯 딸
들은 푸른 타프타 천 원피스 유니폼을 입고 수레국화꽃
으로 장식한 똑같은 밀짚모자를 머리에 썼다. 자자에게
는 거기에, 영원토록 부여된 자리가 있었다. 라쿠앵 집
안의 둘째 딸이라는 자리가. 어린 시몬은 열렬하게 이
이미지를 부정했다. 아냐, 자자는 그런 게 아니야, 자자
는 "유일해". 자유가 예상치 못하게 출현하는 건 집안
의 모든 신념에 위배되는 일이었다. 식구들은 그녀를

끊임없이 옥죄고 그녀를 "사회적 의무"의 먹잇감으로 만들었다. 형제자매, 사촌, 친구, 광범위한 일가친척에 둘러싸이고, 단체로 즐기는 여가나 방문, 사교 모임, 의무에 소진되어 자자는 자기 몫으로는 한순간도 갖지 못하고, 절대 혼자 남겨지는 법이 없으며, 친구와 단둘이 있지도 못한다. 그녀는 자유롭지 않고 바이올린을 켜거나 공부를 하기 위한 사적인 시간을 조금도 갖지 못한다. 그녀는 고독이라는 특권을 빼앗긴 것이다. 그러한 이유로 베타리*에서 보내는 여름들은 그녀에게 지옥이다. 그녀는 질식하고, 언제 어디서나 존재하는 타인의 존재로부터 벗어나기를 간절히 갈망한 나머지 유난히 불쾌했던 어떤 일에서 벗어나기 위해—마치 특정 종교 조직에서 할 법한 비슷한 고행을 떠오르게 한다—도끼로 자기 발을 깊이 베기까지 한다. 자자가 속한 계층에서는, 눈에 띄지 않는 것이, 자기 자신을 위해 존재하는 것이 아니라 다른 이들을 위해 존재하는 것이 중요하다. "엄마는 엄마 자신을 위해 뭔가를 하는 법이 절대 없어, 엄마는 평생 헌신하며 살기만 해." 어느 날 자자

* 베타리는 소설 속 지명이고 자자는 실존 인물의 애칭이므로 베타리의 실제 모델이 된 가뉴팡이라고 적는 것이 적절할 듯하나, 이 글의 원저자가 쓴대로 남겨 둔다. 이 부분 외에도 실제 지명 또는 인명이 소설 속 지명 또는 인명과 구분 없이 사용되는 경우 수정하지 않고 원문대로 두었다.

는 말한다. 이런 식으로 개인을 소외시키는 전통을 지속적으로 주입시키다 보면, 어떤 생동감 넘치는 개성이라도 처음부터 짓눌리지 않을 수 없다. 그런데 이것이 시몬 드 보부아르에게 있어서 제일 심각한 문제는 아니다. 보부아르가 이 소설을 통해 드러내려 하는 문제, 그것은 인간의 조건에 해를 끼친다는 면에서 철학적이라고 규정될 수 있는 문제다. 보부아르의 사상과 작품의 중심에는 주체성이 지닌 절대적 가치에 대한 긍정이 있다. 그것은 샘플 속 번호로 단순히 지칭되는 개인이 아니라 우리 각자를, 지드의 표현을 빌리면 "가장 대체 불가능한 존재들"로 만드는 고유한 개인성, 즉 지금 여기(hic et nunc)의 의식으로서 실존의 절대적 가치에 대한 긍정이다. "두 번 다시 볼 수 없을 것을 사랑하라." 철학적 성찰에 의해 뒷받침될 확고부동하고 본원적인 신념은 절대적인 것은 여기, 지상에서 우리가 유일무이하게 실존하는 동안에 행해진다는 것이다. 그러므로 자자의 이야기 속 쟁점이 되고 있는 문제는 극도로 중대한 일이라는 것을 우리는 이해할 수 있다.

비극이 일어난 원인은 무엇이었는가? 여러 원인들이 한데 엉켜 있는데, 그중에서도 몇 가지가 눈에 띈다. 어머니의 반대에 부딪치는 게 고통스러울 정도로 자자가 어머니를 숭배하듯 사랑한다는 것이 그중 하나다. 자자는 불행과 질투심이 뒤섞인 감정으로 어머니를 열렬히 사랑했다. 자자의 격정적인 애정은 어머니의 차가운 기질과 부딪쳤고, 둘째 딸인 자자는 자신이 형제자매들 속에 파묻혀 있다고, 여럿 중 한 명에 불과하다고 느끼곤 했다. 어린 자녀들 사이에서 소동이 생기더라도 라쿠앵 부인은 능숙함을 발휘해, 그것을 권위로 억압하는 대신 나중에 중요한 일이 있을 때 그들에 대한 영향력을 더 잘 발휘하기 위해 뒤로 물러섰다. 여자아이에게 주어진 진로란 결혼을 하거나 수녀원에 가는 것일 뿐, 여자아이는 자신의 취향이나 감정에 따라 미래를 결정할 수 없다. 이념적, 종교적, 재정적 혹은 사교계의 이해에 따라 후보자들을 선택하고, 만남을 주선해 혼인을 중매하는 것은 가족의 역할이다. 혼인은 같은 계층 내에서 이루어졌다. 열다섯 살 때 자자는 처음으로 이 지독한 법칙에 부딪혔다. 사촌 베르나르와 강제로 헤어지면서 자자의 사랑이 깨진 것이다. 그리고 두 번째로 스무 살이 되었을 때, 가족들은 또다시 자자를 위협한다. 자자가 외부자인 파스칼 블롱델을 선택한 것과 그와 결혼하려는 그녀의 바람은 자자의 일가친척 눈에는 받아들일 수 없고 의심스러운 위반의 행위로 간주된다. 자자의 비극은, 그녀의 마음 가장 깊숙한 곳에서 협력자가 교활하게 적을 돕는다는 점이다. 즉, 그녀에게는 자신이 그토록 사랑하지만 죽을 만큼 고통스러운 벌을 주기도 하는 신성한 권위에 맞설 힘이 없다. 어머니의 비난이 자신감과 삶에 대한 의욕을 갉아먹는 순간조차, 그녀는 그것을 내면화하고 자기 자신을 비난하는 재판관이 옳다고 믿다시피까지 한다. 라쿠앵 부인이 이렇게 딸을 억압하는 모습은 부인의 순응적인 태도 안에서 균열을 엿볼 수 있는 만큼 더욱 역설적으로 느껴진다. 젊어서 라쿠앵 부인은 그녀 자신도 어머니에 의해 원치 않는 결혼에 강요된 듯하다. 그녀는 그런 "상황에 적응"해야만 했고―바로 여기서 그 끔찍한 단어가 등장한다―자기 자신을 포기했으며, 권위적인 중년의 여성이 되어 모든 것을 부숴 버리고 마는 톱니바퀴를 재생산하기로 결심했다. 라쿠앵 부인이 지닌 확신 뒤에는 어떠한 절망과 감정이 감춰져 있는 걸까?

신앙심의 무게, 다시 말해 영성의 무게가 자자의 삶을 무겁게 짓누르고 있었다. 그녀는 종교로 포화된 분위기에 둘러싸여 있었다. 호전적인 가톨릭 가문 출신으로, 자자의 아버지는 대가족 아버지 연합회의 회장이었고, 어머니는 성 토마스 아퀴나스 본당에서 높은 자리를 차지하고 있었다. 자자의 남매 중 한 명은 신부, 한 명은 수녀였으며 매해 식구들은 루르드로 순례를 떠났다. 시몬 드 보부아르가 영성의 이름 하에 고발하고자 한 것은 계층이 추구하는 지극히 세속적인 가치들을 초자연적인 아우라로 덮어씌우는 집단 기만, 즉 "순백의 무구함"이었다. 물론, 기만하는 자들은 먼저 기만된 자들이다. 모든 행위는 종교를 기계적으로 언급하기만 하면 정당화된다. "우리는 하느님 손안에 있는 도구들이었을 뿐이야." 갈라르 씨는 딸의 죽음 앞에서 이렇게 말한다. 자자가 복종적인 태도를 갖게 된 건 대다수의 사람들에게는 편리하고 형식적인 관습에 지나지 않는 가톨릭 신앙을 자자가 내면화했기 때문이다. 또다시 그녀의 특별한 재능은 자자를 방해한다. 자자는 자신이 속한 계층의(타산적이고 저속한 생각과 행동 모두가 복음서의 정신을 계속해서 배반하는) '도덕주의'가 갖는 이기주의와 위선, 거짓말을 간파했으면서도, 한순간 동요할 뿐 신앙심을 잃지 않는다. 그렇지만 그녀는 내면적인 유배와 가까운 이들의 몰이해—사람들이 그녀를 절대 혼자 있게끔 내버려 두지 않는데도—고립과 실존적 고독으로 인해 고통스러워한다. 자자의 영적 요구가 지닌 진정성은 문자 그대로 그녀를 고행하게 하고, 내적 모순으로 몰아넣으면서 괴롭힐 뿐이다. 왜냐하면 그녀에게 신앙심이란 다른 사람들에게 그런 것처럼 지나치게 관대한 방식으로 하느님을 도구화하는 것, 자기가 옳다고 주장하고 스스로에게 정당성을 부여하며 자신의 책임을 회피하기 위한 수단이 아니라, 모호하고 침묵하는 하느님, 숨어 있는 하느님에 대해 고통스럽게 문제 제기하는 일이기 때문이다. 그녀는 스스로를 괴롭히며 고통받는다. 어머니가 계속 말하듯이 그녀는 복종하고 어리석은 자가 되어 순응하며 스스로를 잊어 버려야 하는가? 아니면 친구가 권하는 대로 거역하고, 반항하며, 자신에게 주어진 재능과 소질을 되찾아야 하는가? 무엇이 하느님의 뜻인가? 하느님은 그녀에게 무엇을 기대하실까?

죄악에 대한 강박은 그녀의 생기를 앗아 갔다. 친구인 실비와 달리, 앙드레/자자는 성(性)에 대해 아주 잘 알고 있었다. 갈라르 부인은 열다섯 살이었던 딸에게 결혼에 대해서 가학적이라고 느껴질 정도로 난폭하게 날것 그대로 알려 주었다. 첫날밤에 대해서도 그녀는 감추지 않았다. "통과해야 하는 괴로운 시간이지." 자자가 실제로 경험한 것은 이런 냉소적인 말들과 전혀 달랐다. 자자는 섹슈얼리티와 사랑의 도취가 지닌 마법에 대해 잘 알고 있었고, 남자 친구였던 베르나르와 나눴던 입맞춤도 플라토닉하지 않았다. 자자는 주위에 있던 성경험이 없는 젊은 아가씨들의 어리석음과 살아 있는 육체가 지닌, 원초적 욕구의 분출을 감추거나 부정하며 "순백으로 만들어 버리는" 엄숙주의자들의 위선을 조롱한다. 반면, 그녀는 자기가 유혹에 약하다는 것을 알고 있고, 그녀의 뜨거운 관능과 열정적인 기질, 삶에 대한 육체적 사랑은 지나친 양심의 가책에 의해 오염되어 있다. 아주 작은 욕망에서도 그녀는 죄악을, 육체적 죄악의 가능성을 의심한다. 회환, 두려움, 죄책감이 그녀를 혼란에 빠트리고, 이 같은 스스로에 대한 비난으로 인해 그녀 안에 있는 포기에 대한 유혹, 허무에 대한 취향 그리고 자기 파괴적인 우려스러운 경향성이 더욱 짙어진다. 그녀는 결국 약혼 기간이 길어지면 발생할 수 있는 위험에 대해 설득하는 어머니, 파스칼에게 굴복하고, 자신은 원하지 않는데도 영국으로 떠나는 것을 받아들인다. 스스로에게 가한 이 최후의 가차 없는 강요가 재앙을 재촉한다. 자자는 자신을

이러지도 저러지도 못하게 하는 모든 모순 때문에 죽은
것이다.

이 소설에서 친구인 실비의 역할은 오직 앙드레를 이
해시키는 것이다. 엘리안 르카름 타본이 잘 강조했듯,
소설에는 보부아르의 기억은 거의 다뤄지지 않고, 그녀
의 삶과 개인적인 투쟁, 해방되기까지의 파란만장한 이
야기에 대해서 독자는 아무것도 알지 못한다. 특히—
『정숙한 처녀의 회고록』의 중요한 주제인—지식인과
엄숙주의자들 간의 근본적인 반목이 이 소설에서는 어
렴풋이 그려질 뿐이다. 그렇지만 우리는 앙드레의 집안
이 실비를 안 좋은 시선으로 바라보며, 가까스로 용인
할 뿐이라는 것은 이해할 수 있다. 갈라르 가족이 상당
히 유복했던 반면, 원래는 부르주아 계급 출신이던 보
부아르의 가족은 1914년 전쟁 이후 경제적으로 파산해
계층에서 낙오된다. 베타리에서 머무는 동안 일상생활
에서, 보부아르는 은근한 수치심을 느낀다. 그녀의 머
리 모양, 옷차림은 눈에 띄고 앙드레는 실비의 옷장 속
에 예쁜 원피스를 조심스럽게 걸어 둔다. 더 심각한 것
은 갈라르 부인이 그녀를, 소르본 대학에서 공부를 하
고 직업을 가질 것이며 돈을 벌어 독립적으로 살아갈,

정도에서 벗어난 이 젊은 여자를 불신한다는 것이다. 실비가 어리둥절해하는 자자를 향해 과거의 자신에게 그녀가 어떤 의미였는지—모든 것—부엌에서 고백하는 가슴 아픈 장면은 이 두 친구 사이의 관계가 역전되는 순간을 보여 준다. 이때 이후부터 두 사람 중 더 많이 좋아하는 쪽은 자자다. 실비 앞에는 무한한 세계가 열리지만 앙드레는 죽음을 향해 간다. 하지만 애정과 존중하는 마음을 담아 앙드레를 부활시키고, 문학의 은총을 통해서 자자를 정당하게 평가 내릴 사람은 실비/시몬이다.

나는 『정숙한 처녀의 회고록』의 네 장(章)이 각각 "자자", "이야기할 것이다", "죽음", "그녀의 죽음"이라는 단어들로 끝난다는 것을 떠올리지 않을 수가 없다. 시몬 드 보부아르는 죄책감을 느끼는데, 왜냐하면 어떤 관점에서 보면 살아남는 것이 잘못이기 때문이다. 출간되지 않은 메모에서 보부아르가 "희생의 제물"이었다는 단어를 쓰기까지 했듯, 자자는 자신의 탈주를 위해 보부아르가 지불해야 했던 몸값이었다. 하지만 우리가 보기에 이 소설은 보부아르가 언어에 부여한 신성하기까지 한 사명을 완수하고 있지 않은가? 시간에 맞서고

망각에 맞서고, 죽음에 맞서, "순간의 절대적 현재성과
언제까지나 지속될 순간의 영원성에 정당한 가치를 부
여하는 일"을.

실비 르 봉 드 보부아르

옮긴이의 말

어느 가을, 도서관 서가에서 아주 낡은 장정의 소설을 한 권 발견했다. 일어본을 중역한 듯 보이는 책이었는데, 지은이가 시몬 드 보부아르라고 적혀 있었다. 『제2의 성』의 저자이자, 장 폴 사르트르와 계약 연애를 한 것으로 유명한 그녀의 이름을 익히 알고는 있었지만 그녀가 소설을 썼다는 이야기는 그때껏 들어 본 적이 없었기 때문에 그 책이 내 흥미를 끌었다. 아주 두껍고 세로쓰기까지 되어 있어 도무지 잘 읽히지 않던 책을 끝까지 다 읽은 후 도서관으로 돌아가 그곳에 있던 원서로 된(오래된 번역본조차 몇 권 없었고 세로쓰기는 더 이상 읽고 싶지 않았기 때문에) 그녀의 다른 소설들을 몇 권 더

빌렸다. 그 후로 꽤 오랜 시간 동안 내가 소설을 쓰는
틈틈이 보부아르의 소설과 자서전, 철학서를 읽어 나가
게 될 것을 예감하지 못한 채로.

나로 하여금 보부아르의 글을 계속 읽게 했던 요인은
여러 가지가 있었지만, 보부아르를 집중적으로 읽던 시
기 내 눈길을 끌었던 것은 보부아르가 자신의 친구인 엘
리자베스 라쿠앵(일명 자자)의 죽음을 반복해서 문학적
글쓰기 형태로 쓰고 있다는 사실이었다. 보부아르의 입
양 딸인 실비 르 봉 드 보부아르가 원서의 서문에서 잘 설
명했듯이 『둘도 없는 사이』 속 앙드레라는 인물로 그려
진 자자는 데지르 학교에서 처음 만나 1929년 스물한 살
이라는 이른 나이에 갑작스럽게 사망할 때까지 보부아르
의 단짝 친구였다. 친한 친구의 느닷없는 죽음이란 누구
에게나 고통스러운 것이고, 작가로서 그런 일에 대해서
쓰고 싶어지는 것은 당연한 욕망같이 느껴진다. 하지만
보부아르가 자자의 죽음에 대해 계속 쓰려고 시도했던
것은 단순히 친구를 그리워하는 마음 때문만은 아니다.

『둘도 없는 사이』는 보부아르의 생전에 출간되지 못
했다가 2020년에야 비로소 세상에 공개된 자전 소설이
다. 그녀의 세 번째 자서전 『상황의 힘』에 적힌 것으로

미루어 보아 보부아르가 이 소설을 출간하려던 계획을 접는 데 결정적인 역할을 한 사람은 사르트르였던 것으로 보인다.

아주 오래된 시도를 되살리면서 나는 자자의 죽음에 관한 긴 소설을 쓰기 시작했다. 두세 달이 흐르고 내가 사르트르에게 그것을 보여주었을 때, 그는 인상을 찌푸렸다. 나는 동의했다. 이 이야기는 불필요하고 흥미롭지 않은 것 같았다.[*]

보부아르는 사르트르의 말에 동의한 것처럼 썼지만 죽을 때까지 이 소설을 버리지 않았다. 만족스럽지 않은 원고는 없애기도 했던 보부아르가 이 소설의 원고를(지우고 고쳐 쓴 여러 버전의 원고까지) 계속 간직하고 있었다는 사실을 알았을 때, 나는 이 소설이 궁금해졌다. 작가에게는 무엇을 쓰더라도 결국에는 되돌아갈 수밖에 없는 이야기가 있게 마련이고, 어떤 이야기는 다른 사람이 아무리 형편없다 하더라도 끝내 버릴 수 없

---

[*] Simone de Beauvoir, *La Force des choses* [1963], dans Mémoires, Tome II, Éliane Lecarme-Tabone et Jean-Louis Jeanelle dir., Paris, Gallimard, coll. 《Bibliothèque de la Pléiade》, 2018, p.26.

는 법이니까. 그리고 그 덕분에 우리는(보부아르가 착각했던 것과 달리) 오늘날 우리에게 매우 필요하고, 흥미로운 새로운 소설과 이렇게 만날 수 있게 되었다.

보부아르는 이 소설의 출간을 포기하고 몇 년 후 자서전이란 형태로 자자의 죽음에 대해서 다시 한번 쓴다. 그 죽음이 보부아르가 여성주의자로 각성하는 데 어떻게 결정적인 기여를 했는지 더 잘 이해하기 위해서는 『둘도 없는 사이』가 토대가 된 그녀의 첫 번째 자서전 『정숙한 처녀의 회고록』과 겹쳐 읽어야 한다. "우리는 우리를 기다리고 있던 치욕스러운 운명에 맞서 함께 싸웠고, 오랫동안 나는 그녀의 죽음으로 내 자유의 대가를 치렀다고 생각해 왔다."*라고까지 적은 자서전의 마지막 문장을 보면 알 수 있듯이 보부아르는 자기 혼자 살아남은 것에 대한 깊은 부채 의식을 지니고 있지만 『둘도 없는 사이』에는 보부아르가 지식인이자 작가로서의 삶을 향해 나아가는 여정과 그런 여정에서 자자의 죽음이 어떤 의미를 지니고 있는지가 자서전에서만

* Simone de Beauvoir, *Mémoires d'une jeune fille rangée* [1958], dans Mémoires, Tome I, Éliane Lecarme-Tabone et Jean-Louis Jeanelle dir., Paris, Gallimard, coll. 《Bibliothèque de la Pléiade》, 2018, p.338.

큼 자세히 드러나지 않는다.

대신 실비/보부아르의 역할이 거의 관찰자 정도로 축소되어 있는 이 소설의 중심에 놓인 것은 앙드레/자자와 그녀를 향해 어린 실비/보부아르가 가졌던 사랑에 가까운 우정 (혹은 우정에 가까운 사랑)의 마음이다. 문학사를 돌아보면 주인공을 변모시키는 정념에 기반한 사랑의 서사나 남자들의 우정을 다루는 서사는 아주 많다. 하지만 많은 여자아이들의 마음속에서 한 시절 펼쳐지는 감정의 모험, 동성애나 우정으로 명확히 구분해 명명하는 것이 무의미해질 만큼 사랑과 우정 사이를 자유롭게 출렁이는 그 감정의 모험에 대해 포착한 소설은 흔하지 않다. 어떤 의미에서 『둘도 없는 사이』는 분명히 존재하지만 남성들의 경험과 달라 그동안 많이 주목받지 못했던 그 마음의 사건에 대해 들여다보는 소설이고, 그것을 그리려는 시도가 지금으로부터 70년도 전에 존재했다는 점만으로도 이 소설은 반갑고 귀하게 느껴진다.*

* 『둘도 없는 사이』의 영문판 서문을 쓴 마거릿 애트우드는 이 소설의 중요성을 간과한 사르트르가 그 시절 했을 법한 말을 상상해 본 뒤, 그에 대해 자신만의 대답을 건네는데, 그녀의 위트 있는 답이 재미있어 여기에 인용해 둔다. "부르주아지 여자아이들의 내면에서 벌어진 이야기라고? 그렇게 하찮은 이야기라니. 그런 별 일 없는 파토스에 대해선 그만 써요, 시몬. 잘 연마된 당신의 정신을 더 심각한 쪽으로 돌려야지." 하지만 사르트르 씨 21세기에 우리가 당신께 답변을 드려요. 이건 심각한 문제랍니다.

작가이자 여성주의자일 뿐 아니라 실존주의 철학자이기도 했던 보부아르는 인간이 스스로 주체이지만 타인 앞에서는 대상이 될 수밖에 없게 되는 애매한 실존적 조건을 갖고 있다는 데 주목했다. 인간은 그런 조건 속에서 타인과 함께 살아가기 때문에 타인의 자유와 나의 자유가 부딪치는 건 필연적이라는 것이다. 그러므로 인간은 이 같은 실존적 조건을 받아들이고 주체와 타자가 함께 자유를 실현할 수 있도록 노력해야 한다. 하지만 아주 많은 경우 그러는 대신 절대 선을 내세워 타인의 자유를 억압하거나 자기 희생이라는 이름 하에 자신을 타자의 자기 충족을 위한 수단으로 전락시킨다. 보부아르는 이러한 태도가 둘 다 기만적이라고 지적하는데, 범박하게 요약하자면 보부아르에게 실존적으로 윤리적인 상태란 인간이 저마다의 가치와 자유를 추구하기 위해 노력하고, 타인 역시 그래야 마땅한 존재임을 인정하는 것인 셈이다.

그런 의미에서 본다면, 『둘도 없는 사이』에서 앙드레가 결국 죽음에 이르게 된 건 그녀가 자신의 삶을 자유롭게 살아 낼 수 없게끔 가로막는 수많은 억압 때문일 것이다. 보부아르가 소설을 통해 고발하고 있는 것은 갈라르 부인이 절대 선이라 믿는 극단적인 형태의 신앙심과 가부장제 안에서 여성에게 강제되는 다양한 억압이지만, 옳다는 명목으로 각자의 가치를 실현하며 살지 못하게 하는 것이라면 무엇이든 그 자리에 넣어도 좋을 것이다.

이 글을 마치며 보부아르가 자기 자신보다 앙드레/자자가 더 부각되고, 앙드레/자자를 향했던 자신의 애틋하고 열정적인 마음이 주를 이루는 소설을 쓴 것이 1954년이라는 사실이 내 눈길을 끌었다는 이야기를 하고 싶다. 이때 보부아르는 『제2의 성』을 이미 출간했고, 머지않아 그녀에게 프랑스에서 가장 권위 있는 문학상 중 하나인 공쿠르 문학상을 안겨 줄 『레 망다랭』의 초고를 완성한 상태였다. 여성으로서 자신의 실존적 조건에 대한 각성이 커지고 작가로서도 성공을 거두고 있던 이 시기에 보부아르가 자자에 대해 다시 써 보려고 시도했다는 사실이 내게는 특별하게 느껴진다. 작가이자 지식인으로서의 삶이 만개하던 시기에 보부아르가 자신과 달리 꽃을 피워 볼 시도조차 못한 채 저버린 친구를 떠올리고 있다는 사실이.

실비/보부아르와 앙드레/자자는 떼려야 뗄 수 없는 사이로 한 몸처럼 붙어 있었지만 어느 순간부터 서로 다른 길을 걷게 되고, 완전히 다른 결말을 맞이한다. 재능이 넘치고 태양처럼 눈부셨던 두 여자아이의 삶을 이토록 다르게 만든 것은 무엇일까? 우리는 어떤 선택들을 하며 삶을 살아야 할까? 지금으로부터 70년 전 쓰인 소설을 통해 보부아르는 우리에게 묻는다. 그리고 그녀가 던지는 이 질문들은 오늘날에도 여전히 우리에게 유효하다.

백수린

부록

1923년경, 오바르댕에서 찍은 라쿠앵 가족의 사진. 자자는 두 번째 줄, 왼쪽에서부터 네 번째에 있다.

자자와 시몬이 휴가의 여러 날들을 보냈던 1927년의 가뉴팡 집 전면.

자자와 만나기 조금 전인 1915년의 시몬.

1928년, 자자.

이 책에서 파스칼이라고 명명된,
자자의 열렬한 사랑, 모리스
메를로 퐁티.

(왼쪽부터) 1928년 9월, 가뉴팡에서의 자자, 시몬, 주느비에브 드 뇌빌.
자자와 시몬은 파리의 데지르 학교의 학생이었던 열 살부터 친구였다.

1928년, 가뉴팡에서 열린 테니스 시합에서의 시몬 드 보부아르.

1928년 9월, 가뉴팡에서의 자자와 시몬.

시몬이 1919년에서부터 1929까지 살았던 렌 거리 71번지 6층 왼쪽 집.

1929년 7월 교수 자격 시험 기간 중 포르트 도를레앙 유원지에서, 시몬 드 보부아르와 장 폴 사르트르.

1938년부터 시몬이 즐겨 찾던 플로르 카페.

Mercredi 15 septembre
1920

Meyrignac
par Objat
(Corrèze)

Ma chère Marya,

Je crois décidement que ma paresse
n'a d'égale que la vôtre. Voilà
15 jours que j'ai reçu votre grande
lettre et je ne me suis pas encore
décidée à vous répondre. Je m'amuse
si bien ici que je n'en ai pas
trouvé le temps.

Je reviens de la chasse; cela fait
la troisième fois que j'y vais.
Je n'ai d'ailleurs pas eu de chance.
Mon oncle n'a rien tué les jours
où j'ai été avec lui. Aujourd'hui
il a touché une perdrix mais elle
est tombée dans un buisson et n'ayant

reste nullement.

Y a-t-il des mûres à Ganagobie?
à Meyrigude nous en trouvons
beaucoup, les haies en sont couvertes
aussi nous nous en régalons.

Au revoir ma chère Gégé;
ne me faites pas attendre votre lettre
aussi longtemps que je vous ai
fait attendre la mienne.

Je vous embrasse de tout mon
cœur ainsi que vos frères et sœurs et
particulièrement votre [...]

Mes respects à madame Lacoin ainsi
que les meilleurs souvenirs de maman.
Votre inséparable
Simone.

Tâchez de lire ce gribouillage [...]
de peine.

시몬 드 보부아르가 자자에게 열두 살에 쓴 편지의 1쪽과 4쪽. 보라색
잉크로 쓰인 이 편지의 끝에 보부아르는 "너의 둘도 없는 친구"라고
서명했다.

자자에게

확실히 내 게으름은 네 게으름에 맞먹는 것 같아. 네
긴 편지를 받은지 보름이나 되었는데, 지금까지 답을
할 마음을 먹지 못했으니까. 여기서 너무 재미있게 지
내고 있어서 시간을 낼 수 없었어. 나는 사냥에서 돌아
온 참이야. 사냥을 따라간 건 세 번째야. 운이 안 좋았
던 게 삼촌은 내가 따라갔을 때마다 아무것도 사냥하지
못했어. 오늘은 자고새를 맞추긴 했지만 수풀에 떨어져
서 (……) 조금도 남아 있지 않아. 가뉴팡에는 나무딸
기가 있니? 메리냑에는 아주 많이 있어. 울타리도 나무
딸기로 가득 덮여 있고, 배부르게 먹기도 해.

안녕, 사랑하는 자자야, 내가 널 기다리게 한 것처럼
네 답장을 오랫동안 기다리게 하지는 말아 줘. 온 마음
을 다해 네게 입맞춤을 보낸다. 너의 언니, 오빠, 동생
들, 특히 너의 대자에게도. 어머니께도 안부를 전해 주
렴. 우리 엄마도 안부를 전한대.

너의 둘도 없는 친구, 시몬
내가 휘갈겨 쓴 글씨를 알아보는 게 어렵지 않기를.

1927년 9월 3일 시몬에게 보낸 자자의 편지. 이 편지에서 자자는
가뉴팡에서의 소란을 피하기 위해 자기 몸에 도끼질을 했던 일에 대해서
언급한다.

시몬에게

네 편지는 나 자신과 마주하고 진지하게 성찰하는 몇 시간을 가진 덕분에 휴가 초반보다 스스로에 대해서 훨씬 더 명료하게 이해하게 되었을 때 도착했단다. 네 편지를 읽으며 우리가 아직 서로에게 가까이 있다는 것을 느끼고 기뻤어. 네 마지막 편지를 읽으면서는 네가 내게서 많이 멀어지고 갑자기 다른 길을 가고 있다는 인상을 받았거든. 요컨대, 너에 대해서 오해해서 미안하다는 말이란다. 내가 잘못 생각하게 된 건 네가 그 직전에 보낸 편지에서 너의 최근 성과인 진리 탐구를 너무 강조했기 때문인 것 같아. 단지, 그 성취는 하나의 목표, 너의 존재에 주어진 하나의 의미일 뿐인데, 내 눈엔 네가 그 밖의 모든 것, 인류에게 주어진 아주 아름다운 어떤 부분을 포기하려는 것처럼 보였어. 네가 그런 종류의 단절을 염두에 두고 있는 게 아니고, 너 자신에 대해서도 아무것도 포기하지 않는다는 걸 나는 알고 있어. 확신하건대 진정한 힘은 바로 거기에 있단다. 그리고 나는 우리의 모든 모순이 사라지고 우리의 자아가 마음껏 꽃필 어떤 수준의 내적 완벽성에 도달하려고 노력해야만 한다고 생각해. 그게 네가 쓴 "자기 자신을 온전히 구하다"라는 표현을 내가 좋아했던 이유야. 그건 존재에 대한 가장 인간적이고 아름다운 개념이고, 가장 넓은 의미에서 이해했을 때 기독교에서 말하는 "자신을 구원하다"라는 사상과 그리 멀지 않은 개념이거든.

(……) 말하지 않더라도, 네 편지가 전해 준 평온함만으로도 지금 네 안에 커다란 평화가 있다는 걸 알 수 있어. 전적으로 이해해 주고, 절대적으로 신뢰할 수 있는 우정을 지닌 누군가가 있다고 느끼는 것보다 더 달콤한 일은 세상에 없지.

올 수 있으면 바로 와. 가능하면 10일에 오는 게 우리한텐 가장 좋지만, 다른 날짜도 좋아. 8일부터 15일까지 여기에 머물고 있을 드 뇌빌 가족을 다시 만나게 될 거야. 그러니까 처음 며칠은 무척 소란스러운 생활을 하게 될 테지만 나는 네가 그들이 떠난 이후에도 오래 더 머물면서 가뉴팡에서의 부산스러움뿐 아니라 평온함도 맛보기를 바라고 있어. 내가 일전에 썼던 "전부 잊기 위해 즐긴다"라는 문장 때문에 너는 날 비난하고 싶어진 것 같은데, 내 말이 생각한 것보다 너무 멀리 나간 듯해서 해명을 좀 하고 싶어. 나는 그 무엇도 정신을 다른 데로 돌리게 하지 못하고 즐기는 것이 진정한 벌이나 다름없게 느껴지는 순간들이 있다는 것을 경험해서 알고 있거든. 최근에 오바르댕에서는 친구들과 바스크 지방 여행을 계획했어. 근데 그즈음 나는 얼마나 혼자 있고 싶었고, 얼마나 즐길 수가 없었는지, 여행을 떠나기가 싫어서 발을 도끼로 찍어 버렸단다. 일주일이나 장의자에 앉아서, 나의 경솔함과 실수에 대해 측은해하거나 놀라워하는 말들을 들어야 했어. 하지만 적어도 약간의 고독과 말하지 않고 즐기지 않아도 될 권리를 얻었지.

네가 머무는 동안엔 내가 발을 벨 필요가 없으면 정말 좋겠구나. 11일에는, 여기서 25킬로미터 떨어진 곳으로 랑드 투우를 보러 가고 사촌들이 사는 고성에 찾아가기로 이미 결정되어 있어. 제발 거기에 같이 있어 줘. 기차 편에 대해서는 뭐라고 해야 할지 모르겠다. 보르도 쪽으로 오니 아니면 몽토방 쪽으로 오니? 몽토방 쪽으로 오면 네가 다른 기차로 갈아탈 필요 없게 우리가 여기에서 멀지 않은 리스클로 널 데리러 갈 수 있을 거야. 뭐든 원하는 기차를 타. 낮이고 밤이고 몇 시든, 내가 자동차로 데리러 갈게.

휴가를 어떻게 보내고 있는지 궁금하다. 이 편지를

받는 대로 답장을 써서 우체국 유치우편을 마르세유로 보내 준다면 네 소식을 확인할 수 있을 거야. 우리 사이에 놓인 거리에도 불구하고 나는 너와 자주 같이 있단다. 그렇다는 걸 네가 알고 있겠지만 이 명백한 사실이 글씨로 적히는 걸 보는 기쁨을 느끼기 위해 말해 본다.

애정을 담아 입맞춤을 보내. 여동생과 부모님께 안부를 전해 주렴.

자자

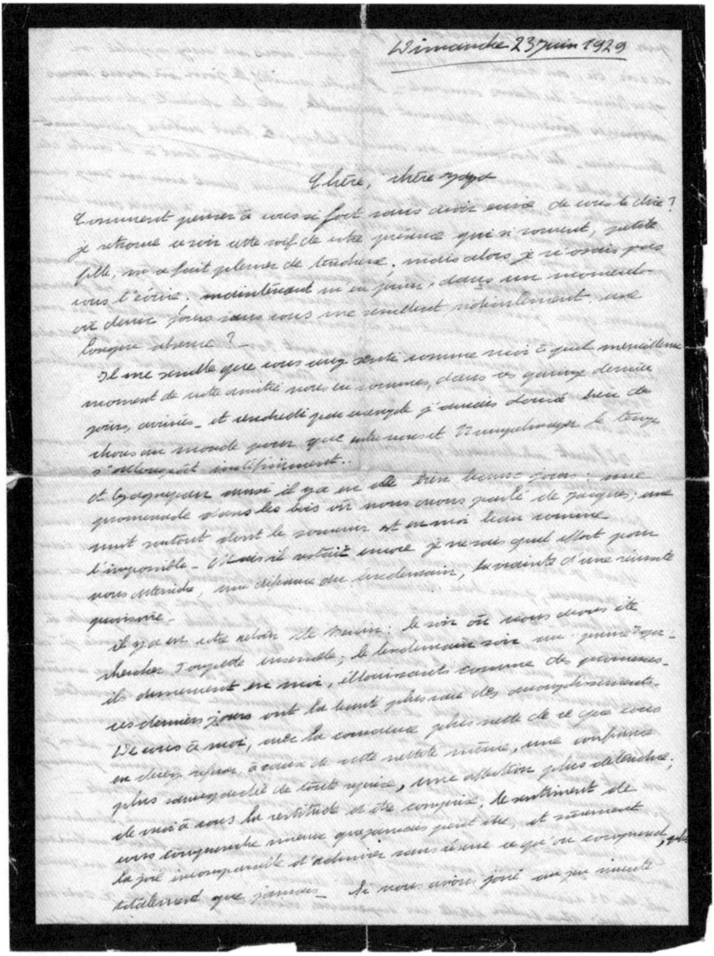

Dimanche 23 juin 1929

Chère, chère Zaza

시몬이 자자에게 보낸 편지의 1쪽. 그즈음(메리냑에서 1929년 5월 12일)에 할아버지가 돌아가셨기 때문에 편지는 상중(喪中)임을 표시하는 종이에 쓰여 있다.

1929년 6월 23일 일요일, 파리

소중하고, 소중한 자자에게

네게 그렇다고 말하고픈 마음은 없는데 어떻게 네 생각을 이렇게 많이 할 수 있을까? 오늘 저녁엔 어린 시절 종종 애정 때문에 나를 눈물 흘리게 만들었던 너의 존재에 대해 갈망을 다시 느끼고 있어. 하지만 그때는 네게 편지를 쓸 생각을 감히 못 했지. 지금, 너 없는 이틀이 이상하리만큼 긴 부재처럼 느껴지는 이 순간에도 나는 네게 편지 쓰는 것을 그만둬야 하는 걸까?

내 생각에는 너도 나처럼 지난 보름간 우리의 우정이 얼마나 근사한 단계에 이르렀는지를 느꼈던 것 같아. 예를 들어 금요일에 우리와 럼펠마이어 사이의 시간이 무한히 계속되게 하기 위해서라면 나는 세상 무엇이든 줄 수 있었을 거야.

가뉴팡에서도 우린 아름다운 날들을 보냈었지. 자크*에 대해서 이야기를 나눴던 숲속의 산책과, 무엇보다 내

---

* 당시 보부아르가 사랑했고 결혼하기를 꿈꾸었던 사촌 자크 샹피뇰.

안에 불가능할 만큼 아름답게 기억되는 어느 밤이 있었으니까. 하지만 서로에게 다가가기 위해 해야 하는 무엇인지 모를 노력, 미래에 대한 불신, 덧없는 성공에 대한 두려움은 여전히 남아 있었어.

그다음엔 베를린에서 네가 돌아왔지. 우리가 함께 푸페트*를 데리러 갔던 저녁과 프랑스 이고르에서 보낸 이튿날 저녁, 그런 날들은 약속처럼 내 안에서 빛나고 있어. 그 마지막 며칠은 이뤄 내는 것들이 그렇듯 보기 드문 아름다움을 지니고 있었어. 네가 무엇을 거부해야 하는지에 대한 더욱 명확한 인식을 갖고서 그리고 바로 그 명확함 때문에 네게서 내게로 향하던 더욱 확고부동해진 신뢰, 더욱 이완된 애정. 내게서 네게로 흐르던 이해받는다는 확신, 어쩌면 전에 없이 내가 너를 잘 이해하고 있다는 느낌 그리고 확실히 우리가 그 어느 때보다 더 전적으로 이해하고 있는 것을 마음껏 감탄하는 데서 오는 비교할 수 없는 기쁨. 우리가 만약 고안해 낸 게임을 즐겼더라면……

※ 2쪽, 4쪽은 인쇄물이 없다.

* 보부아르 여동생의 애칭.

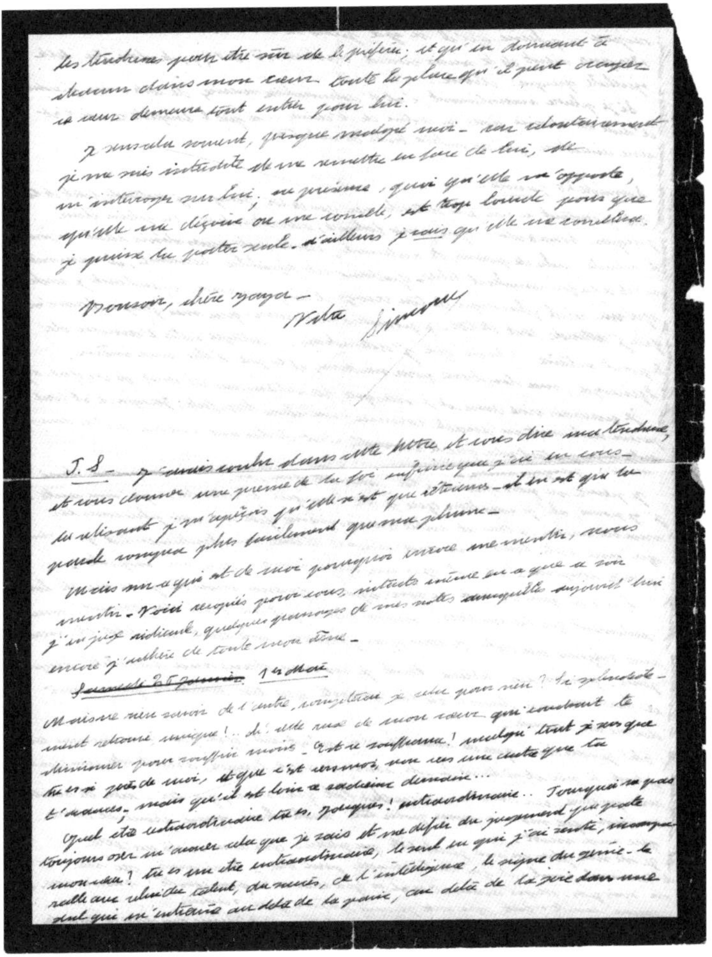

……그를 더 좋아한다는 것을 확신할 수 있게 하는 애정 표현 말이야. 그리고 각각의 사람들에게 내 마음에 차지할 수 있는 자리를 내어 주더라도 이 마음은 온통 그를 위해 남아 있게 된단다.

나는 이런 느낌을 자주 받는데, 이건 거의 나도 모르는 사이에 일어나는 일이야. 왜냐하면 나의 의지로는, 그의 앞에 다시 서지 않겠다고, 그에 대해서 궁금해하지 않겠다고 결심했거든. 그의 존재는, 내게 무엇을 가져다주든 나를 실망하게 하든, 기쁘게 하든 간에, 내가 홀로 감당하기에 너무 무거워—그의 존재가 나를 기쁘게 할 것을 내가 알고는 있지만.

안녕, 사랑하는 자자.
너의 시몬

p.s. 이 편지를 통해서 내 애정을 표현하고, 너에 대해 갖고 있는 나의 무한한 믿음의 증거를 보여 주고 싶었어. 그런데 다시 읽어 보니, 편지엔 망설임이 담겨 있을 뿐이구나. 글로 쓰는 것보다는 말로 하는 게 이 망설임

을 더 쉽게 깨뜨릴 것 같아.

하지만 나에 관한 한, 나 자신에게 그리고 우리에게 무엇 하러 거짓말을 하겠니. 지금도 여전히 온 마음을 다해 믿고 있는 내 일기의 몇 대목을, 오늘 밤에 읽으니 우스꽝스러워 보이기까지 하는 대목들마저도 널 위해 있는 그대로 여기에 옮겨 적어 보낸다.

하지만 상대방에 대해 아무것도 알지 못한다면 그건
내게 아무것도 아닌 것일까? 이토록 찬란히 되찾은, 유
일한 사람이여!……오! 고통을 덜 받기 위해 당신을 별
것 아닌 것으로 만들고 싶어 하는 내 마음의 술책이여.
이건 고통인가요? 모든 것에도 불구하고 당신이 내게
이토록이나 가까이 있다는 걸, 다른 사람이 아니라, 내
곁으로 다가오고 있다는 걸 나는 알아요. 하지만 이 눈
부신 영토는 얼마나 먼가요…….

자크, 당신은 얼마나 특별한 존재인가요! 특별하
죠…….

왜 나는 항상 내가 아는 것을 감히 인정하지 못하고
내 마음이 내리는 판단을 의심하려는 걸까요? 당신은
특별한 존재예요. 재능있고 성공했으며 지적으로 뛰어
난 다른 존재들과 비교할 수 없는, 천재의 징표를 지녔
다고 내가 느낀 유일한 사람, 나를 평화 너머로, 기쁨
너머로 데려가는 유일한 사람이요.

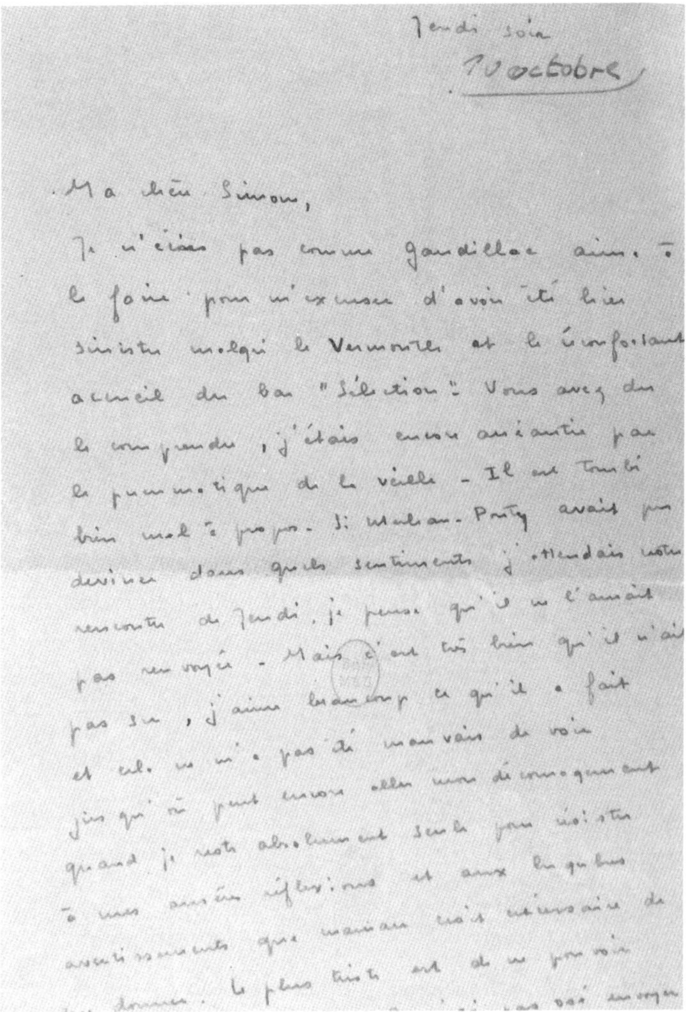

Jeudi soir
10 octobre

Ma chère Simone,

Je n'étais pas comme Gandillac aimé à le faire pour m'excuser d'avoir été bien sinistre malgré le Vermouth et le réconfortant accueil du bar "Sélection". Vous avez dû le comprendre, j'étais encore anéantie par le pneumatique de la veille. Il est tombé bien mal à propos. Si Merleau-Ponty avait pu deviner dans quels sentiments j'attendais notre rencontre de Jeudi, je pense qu'il ne l'aurait pas envoyé. Mais c'est très bien qu'il n'ait pas su, j'aime beaucoup ce qu'il a fait et cela ne m'a pas été mauvais de voir jusqu'où peut encore aller mon découragement quand je reste absolument seule pour résister à mes anciennes réflexions et aux longues avertissements que maman croit nécessaire de me donner. Le plus triste est de ne pouvoir

시몬에게 보내는 자자의 편지. 여기에서 그녀는 메를로 퐁티에 대한 감정을 말한다.

1929년 10월 10일 목요일 저녁

시몬에게

나는 강디야크*가 즐겨 그러는 것처럼, 어제 마신 베르무트와 '셀렉시옹 바'†에서 내가 받은 따뜻한 환대에도 불구하고 침울하게 굴었던 것에 대해서 사과하려고 이 편지를 쓰고 있는 건 아냐. 이해해 주었겠지만, 나는 그 전날 받은 속달우편 때문에 또 지칠 대로 지쳐 있었어. 속달우편은 정말 나쁜 타이밍에 도착했어. 만약 P(메를로 퐁티)가 목요일의 우리 만남을 내가 어떤 기분으로 기다리고 있는지 짐작할 수 있었다면 그런 우편은 보내지 않았을 거야. 그렇지만 몰라서 차라리 잘됐어. P가 그렇게 한 게 나는 아주 좋아. 그리고 내게 떠오르는 쓰라린 생각들과 엄마가 필요하다고 생각해서 나한테 하는 암울한 경고에 맞서기 위해 내가 완전히 혼자 남겨졌을 때 내가 얼마나 심하게 낙담하게 될 수 있는지 지켜보는 것도 내게 나쁘지는 않았어. 가장 슬픈 건

---

* 모리스 드 강디야크(1906~2006). 알제리에서 태어난 철학자로 소르본 대학의 철학 교수였다.

† 셀렉시옹 바는 1929년 9월부터 시몬 드 보부아르가 할머니에게 세 들어 살던 덩페르 거리의 91번지 방을 가리킨다. 그녀가 자립해 생활한 첫 번째 집이다.(원주)

그와 대화할 수 없다는 것이야. 나는 드 라 투르 거리에 있는 그에게 한 글자도 적어 보낼 용기를 내지 못했어. 어제 네가 혼자 있었다면, 몇 마디를 적어서 알아보기 힘든 네 글씨체가 적힌 편지 봉투에 담아 보냈을 텐데. 그러면 너는 고맙게도 곧장 그에게 속달우편을 보내 주었겠지. 그가 이미 알고 있는 사실, 알고 있어야 할 텐데, 그러니까 기쁠 때나 괴로울 때나 내가 그의 곁에 아주 가까이에 있고, 무엇보다 우리 집으로 원하는 만큼 얼마든 편지를 써 보내도 된다고 전해 줄 속달우편을 말이야. P가 편지를 써 보내는 걸 주저하지 않았으면 해. 왜냐하면 아주 금방 그를 볼 수 없다면, 그에게서 한마디라도 듣는 일이 내겐 절실히 필요할 테니까. 게다가 P는 이제 내가 너무 명랑하지 않을까 두려워할 필요도 없어. P에게 우리 이야기를 한다 해도, 꽤 심각한 투로 하게 될 것 같거든. 설령 그의 존재가 나를 자유롭게 해 주고 지난 화요일 페블롱 학교 교정에서 너와 수다를 떨 때 내가 느꼈던 행복한 확신을 되돌려준다 하더라도, 큰 슬픔에 잠겼다고 느낄 때는 인생에 이야기할 만한 침울한 일들이 많이 남아 있잖아. 내가 사랑하는 사람들이 걱정할 필요는 없어. 나는 그들에게서 달아나지 않으니까. 요즈음 나는 이 세상에, 심지어 내 고

유한 삶에, 전에 없이 애착을 느껴. 그리고 시몬, 이 부
도덕하고 품위 있는 아가씨야, 나는 온 마음을 다해 너
를 아끼고 있단다.

자자

시몬에게

토요일에 P(메를로 퐁티)를 봤는데, 형이 오늘 토고로 떠나. 형과 헤어져 힘든 어머니 곁에 있어 주고 싶어 하는 데다 수업도 있으니 주말까지 P는 시간이 나지 않을 거야. P랑 토요일에 '셀렉시옹 바'에 가서, 아름다운 회색 원피스를 입은, 내가 늘 그리워하는 널 볼 수 있다면 정말 정말 기쁠 거야. 토요일에 친구들이 외출한다는 걸 알고 있는데, 우리랑 같이 어울리자고 하면 어떻겠니? 우리를 보는 게 그렇게 싫대? 아니면 우리가 서로를 잡아먹을까 봐 겁이 나? 나는, 사르트르를 최대한 빨리 만날 수 있길 열렬히 바라고 있어. 네가 내게 읽어 준 편지가 정말로 마음에 들었고, 서툴지만 아름다웠던 시는 많은 생각을 하게 했거든. 지금부터 토요일까지는 설명하려면 너무 복잡한 집안 문제로, 기대했던 것처럼 너와 단둘이 만날 수가 없을 것 같아. 조금만 기다려 줘.

항상 너를 생각하고, 온 마음을 다해 사랑한단다.

자자

1929년 11월 13일, 시몬 드 보부아르가 자자에게 보낸 마지막 편지이지만 이미 건강 상태가 몹시 악화되어 있던 자자는 아마 편지를 읽지 못했을 것이다. 여기에서 "둘도 없는 친구"라는 표현이 최후로 사용된 것을 볼 수 있다. 자자는 11월 25일에 사망한다.

자자에게

일요일 다섯 시에 너를 기대하고 있을게. 휴가 나온 사르트르*와 볼 수 있을 거야. 그 전에 너를 만날 수 있으면 좋겠다. 금요일 두 시부터 네 시 사이에 추계 미술전†에 가면 어때? 아니면 토요일 같은 시간대에 가거나. 가고 싶으면 만날 장소를 정해서 곧바로 내게 기별을 줘. 조만간 메를로 퐁티가 수업을 마칠 즈음 만나 볼 생각이야. 어쨌든 메를로 퐁티를 나보다 먼저 보게 되면 나의 다정한 우정을 담은 안부를 전해 주렴.

모쪼록 일전에 내게 말했던 너의 모든 근심이 이제 해결되었으면 좋겠다. 사랑하는 자자야, 나는 우리가 함께 보낸 시간이 기쁘고 또 기뻤어. 나는 여전히 국립 도서관에 가는데, 너도 같이 가지 않겠니?

언제나 편지의 페이지마다 행복이, 점점 더 큰 글씨로 쓰인 행복이 넘치는구나. 그리고 요즈음엔 예전 그 어느 때보다 더 네게 마음을 쓰고 있단다.

---

* 사르트르의 군 복무가 막 시작된 참이다.(원주)

† 파리에서 매년 열리는 미술 전시회.

사랑하는 과거, 사랑하는 현재, 사랑하는 나의 둘도 없는 친구. 사랑하는 자자에게, 애정을 담아.

S. 드 보부아르

1954년에 쓰인 『둘도 없는 사이』 원고의 첫 페이지.

둘도 없는 사이

1판 1쇄 인쇄 2024년 5월 15일
1판 1쇄 발행 2024년 5월 25일

지은이 시몬 드 보부아르
옮긴이 백수린

발행인 양원석 **편집장** 김건희 **책임편집** 이혜인
디자인 퍼머넌트 잉크
영업마케팅 조아라, 이지원, 한혜원, 정다은, 박윤하

펴낸 곳 ㈜알에이치코리아
주소 서울시 금천구 가산디지털2로 53, 20층 (가산동, 한라시그마밸리)
편집문의 02-6443-8868 **도서문의** 02-6443-8800
홈페이지 http://rhk.co.kr
등록 2004년 1월 15일 제2-3726호

ISBN 978-89-255-7517-9 (03860)